致成长中的你

——十五封青春书简

殷健灵 著

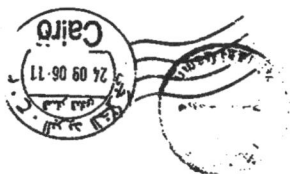

Letters

YINJIANLING
WORKS

长江出版传媒 ｜ 长江文艺出版社

图书在版编目（ＣＩＰ）数据

致成长中的你：十五封青春书简 / 殷健灵著. --
武汉：长江文艺出版社， 2015.7（2016.6重印）
ISBN 978-7-5354-8008-8

Ⅰ. ①致… Ⅱ. ①殷… Ⅲ. ①书信集－中国－当代
Ⅳ. ①I267.5

中国版本图书馆 CIP 数据核字(2015)第 113887 号

策　　划：尹志勇　　　　　　　　插　　图：孔　雀

责任编辑：李　艳　　　　　　　　责任校对：陈　琪

封面装帧：壹　诺　　　　　　　　责任印制：左　怡　　邱　莉

出版：长江出版传媒 | 长江文艺出版社
地址：武汉市雄楚大街 268 号　　　　邮编：430070
发行：长江文艺出版社
电话：027—87679360
http://www.cjlap.com
印刷：湖北新华印务有限公司

开本：880 毫米×1280 毫米　　　1/32　　　印张：8.75
版次：2015 年 7 月第 1 版　　　　2016 年 6 月第 4 次印刷
字数：121 千字

定价：28.00 元

自序

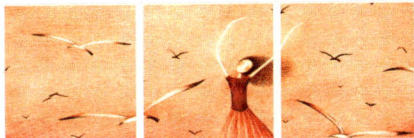

亲爱的读者：

2013 年，我替青岛出版社写了我的第一本书信体散文集，叫作《致未来的你——给女孩的十五封信》。这不是一本短时写就的书，里面的篇章其实凝聚了我写作二十来年对成长的零星思考，只是以书信形式系统化了而已。我在里面，谈到了女孩成长中可能遇到的一些问题。我并不想居高临下以一个成人身份教化她们，只是作为一个"曾经的女孩"，与今天的女孩倾心交谈。我想让她们看清成长中的自己，也能触摸到并不遥远的未来。女孩时的我，懵懂孤独，热切渴望一个能读懂我内心并且引领我往前走的伙伴。可惜那时候没有。在我长大执笔写作之后，便希望自己能成为年少时渴望的那个人。

　　原本，我并没有希望它能产生多大的影响。没想到印行一年多，它的销量甚广，也得到了多种奖项，许多中小学校将它列入课外必读书，读者更是由衷首肯。我时不时会收到来自各种渠道的读者反馈，还有雪片一般飞来的手写信——她们并没有很多问题要我作答，有时候只为了倾诉，因为在她们看来，我大概是一个能够理解和读懂她们的大朋友。更有很多成年读者说，遗憾她们少女时代没有这样一本书，倘若有，她们的人生或许会有所不同……我忽然发现，对于成长中的少年读者来说，和小说、诗歌相比，他们从这类书信体散文中所获得的感触和启悟，可能更加直接，也更加显见。

　　我后来想到，在原先的十五封信里，有些问题没有谈深谈透，尚嫌粗浅；还有一些，不仅适用于女孩，还可以针对所有男孩和女孩的；另有一些，虽非人人关心，却是我个人认为一个"人格完善的人"应该具备的……当长江文艺出版社力邀我再写一本书信体散文时，也就应允了。我想利用这个机会，在原有文本的基础上，做新的扩充和阐释，谈一些男孩和女孩皆宜的问题。在接下来的几个月时间里，我陆续写成了这全新的十五封青春书简。

　　我写信的对象叫 J（在曾经出版的主题系列小说集《纯真记事簿》里，也有这样一个人物，我在小说里时常用到这个字母）。J，并不玄奥，它是英语"少年"Juvenile 的首字母。这些信是写给 J 的，自然也是写给所有成长中的少年的。J 在生活中并没有具体的存在，但他始终存在于我的心里，伴随着我多年的写作生涯。

　　我并不是一个深刻博学的人，只是信仰"人同此心心同此理"，习惯在写作中始终寄寓真情。希望在这里，也能动用我四十多年的人生积蓄，不煽情，不说教，用真心换真心。

　　有人曾问我，对你影响最大的一本书是什么？我总是无法作答。只能说，无数本好书滋养过我，我从它们中间所汲取的无法以斤两分毫比较。因此，这本小书也只是你阅读生涯中的浮云片光。惟愿它能成为滋养你的万千书中之一种，倘若它能占有你成长中的某一短暂时光，并且能慰藉你的心灵，我心足矣。

殷健灵

2015 年 2 月 1 日

Contents 目录

001　第一封信　请从镜子里面对自己

017　第二封信　你拥有很多爱，为什么仍然孤独

039　第三封信　为什么要上学

055　第四封信　受欢迎的人

069　第五封信　生命旅途，每个阶段都有意义

085　第六封信　面对不可理喻的世界

103　第七封信　沟通的力量

133　第八封信　不断敞开的未来：没有绝望

161 第 九 封 信 "喜欢"与"爱情"

179 第 十 封 信 有一种爱与生俱来

195 第十一封信 从文学中寻找答案

217 第十二封信 发现诗意之美

229 第十三封信 身体里那只蛰伏的小兽

245 第十四封信 恻隐之心和虔敬之心

257 第十五封信 太阳在选择中上升

请从镜子里面对自己

当你从镜子里面对自己的时候，我希望你不仅仅悦纳自己的容貌，还要悦纳自己的心，悦纳那一部分并不愿意被所有人看到的心。

和夏天约会

我不懂那是什么
它像一场躁动的夏雨
霍然闯入我的生命
那样潮暖那样动荡

如果不是午后的惊雷提醒
我几乎忘了
我已立在了人生的站台
手握着十点的车票

却不知道停靠的前站

和夏天有一个约会
那远在生命初始就订下的盟约
难道这意味着
我即将步入阴雨的季节
和是非的人间？

就像一项成人的仪式
青春的竹笛奏起
心灵的颤音和
身体拔节的微响
风筝飞出了窗口
谁又在岁月那头召唤？

我要辞别梦幻的童话以及
那片开满雏菊的花园
携带一卷空白的信笺

几本未读完的书
和满怀的忐忑与惊喜
起程——

稠密的雨会淋湿我的鞋
沉闷的雷会惊起
树梢的鸟
当然还会有一只野兔
蹲伏草径倾听
轻微的脚步走近走近

我听到了远方的呼唤
一声紧似一声
随着夏雨扑面而来
哦——这热烈的雨啊

我依然不懂那是什么
却总在庆幸

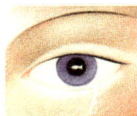

这已经到来

以后将永不再来的

生命的潮

写于 1990 年代初期

亲爱的 J：

这已不是我第一次给你写信了。

我曾经以各种方式在纸上和你对话，向你讲述那些过去了的和正在发生的故事，那些故事或是让你感到新鲜，或是让你从中窥见自己。我讲述，是在回望来路，也希冀这些故事化作一盏盏夜色中的暖灯，为你照亮前行的路。

J，我清楚地意识到你不是特定的一个人，而是不断长大着的一代人。

你是一群我看不真切的影子，一拨一拨从我眼前经过。

像植物一般，你蓬蓬勃勃地生长，渴望着黎明的晨曦和晶莹欲滴的露水。你以为全世界都可以看到你，可是，你却偏偏看不清楚自己。

你央求我一遍一遍讲述，讲述已经不再新鲜的故事。

当然，我也愿意讲述。只要生命没有停止生长，那些话题永不过时。

这一次，我依然要为你写十五封信。第一封信，让我们来说说——镜子。

　　J，你是否记得，从什么时候开始，你清楚地意识到了自己的长大？

　　你又是否能清晰地回忆起，第一次从镜子里专注地打量自己，是在什么时候？

　　你能接受镜子里看到的自己吗？你喜欢那个镜子里的你吗？

　　说起来，我对镜子的记忆始于幼年时。那时候，只有四五岁的样子。我住在一栋灰色楼房的底层，靠西的那一套公寓。房子外面便是一堵爬满绿藤的山墙。我时常跑到房子外面，看天空，看山墙上恣肆生长的藤蔓，也看三三两两经过的大人和小孩。有时候，我只是安静地蹲在走道里，用白色的滑石笔在水泥地上画画。

　　丹姐姐有时会站在旁边看我画画，她是我的邻居。丹姐姐上初中了，她的头发是卷的，是自己用卷发棒烫出来的卷儿。她并不与我说话，只是漠无表情地看，看了一会儿，就转身走回家里去了。她的房门半敞着，并不忌讳别人看到她在做什么。或者说，她并不在意门外的小人儿，她愿意做什么就做什么。

我看见她站在了大衣柜的镜子前，用唇膏在自己的嘴唇上轻轻涂抹，她的嘴唇呈现了浓艳的鲜红。她对着镜子做出各种表情，或笑，或皱眉，或做委屈状。她又摆出各种姿势，或叉腰，或侧身，陶醉地凝视镜子里自己的侧影。她对着镜子里的自己微笑。

接下来，她又做了一件让我惊奇的事。她从一堆衣服里抽出一条丝绸短裙，将它揉成一团拽在手里。然后撩起自己的裙摆，将她手中那团东西塞了进去，正好是臀部的位置。那团东西便将她的臀部撑得丰满无比，她俨然有了成熟女性的身材。她按着自己的"臀部"，在镜子前学着模特扭动腰肢走了几步，一边回过头去自恋地欣赏自己的步态。

我在门外看呆了。

年幼的我，并不明白丹姐姐为什么要这样做。但眼前的一切，又分明给了我小小的"惊觉"。过了一些年，当少女的我也时常在镜子前流连时，总会想起幼年时见到的一幕，它曾让我萌生强烈的模仿冲动——我喜欢丹姐姐在镜子前微笑的表情。

J，你知道吗？长大着的我们，往往是从"镜子"里首先意识到自己的存在的。

心理学一直把"照镜子"看成是体验自我的重要时刻。据说,连猩猩照镜子时都会露出惊讶的表情——因为它看到了自己。

而我们最初也是通过照镜子来发现自我的。我们通过镜子看到自己的形体和样貌，日后对自我的想象便是以镜子里看到的自己作为依据的。因此，悦纳自己的形象，是我们认可和喜欢自己的前提。

可是偏偏，并不是每个孩子都能接受和喜欢自己的样貌。我也是这样的。

我上小学六年级的时候，刚刚步入青春期，人突然又瘦又高，笨拙得像只长脚鹭鸶。我不满意自己的长相，觉得自己眉毛稀疏，鼻梁扁塌，唯有在微微低下颌骨照镜子的时候，因为视角的关系，脸的轮廓变成了瓜子形，觉得唯有那个角度的自己才是可以勉强接受的。于是，我在那个年龄的留影，无一不是微收颌骨，低头看着前方。今天看来，那些照片里的自己，显得古怪严肃，其实一点都不美。

然而，那个时候的我，收藏着自己的小秘密，也没人告诉我，那个样子并不美。反而是那些轻松自在、面带微笑时不经意间摄下的留影，在今天看来，是美而自然的。

当一个孩子告别童年步入青春，他（她）便会遭遇青春期的生长突进。那些变化，是突然来到的。体重迅速增长，男孩和女孩仿佛一夜之间拥有了意味着长大的身体标记：男孩子暗哑变粗的声线，隐隐约约的喉结；女孩子生命的初潮，胸前绽放的蓓蕾……更有意思的是，你会发现，我们身体的发育并不是匀速地长成大人的样子，而是手和脚先长到成年人的大小，手臂和腿紧跟其后，而躯干的生长最为缓

慢——于是，我们成了比例失调的"长脚鹭鸶"。

J，巨大的生理变化仿佛生命的潮汐，推动着你，也困扰着你。这样的滋味，每个正在成长的人都会领受。你可知道，有科学家对来自十个国家和地区（包括美国、孟加拉国、土耳其和中国台湾）的青少年进行调查，发现有38%的女孩和27%的男孩认为自己容貌丑陋，缺少吸引力。我想，假如当年十三岁的我也参与调查，多半是归类到这38%的女孩里面了。而今天的我，早已不是如此看待自己了。

一个孩子接纳自己，一定是从接纳自己的身体外形和面部特征开始的。

J，你知道吗？心理医生为当事人提供求询时，如果当事人不能够认同自我，比如认为自己不聪明、不可爱、不受人欢迎，或者挑剔自己眼睛小了、个子矮了、脸不是瓜子形等，心理医生就会建议他们去照镜子，并且学习对着镜子微笑。因为，你所认为的自己，并不是真实的你。你在内心幻想一个完美的标杆，一旦看到自己与之有差距，你就会对自己产生不满，甚至憎厌自己。

可是，事实并不是这样的。美的标准，犹如四处攀附、寻找藤架的牵牛花。它时常在变。正如唐朝以胖为美，而在 20 世纪 30 年代，脸蛋红润、富于肉感的年轻姑娘在全世界都很受欢迎，直到 90 年代，人们才开始"以瘦为美"。既然美的标准会因时代、地域和文化而改变，那总有什么是不变的吧？

是的，当然有不变的东西。正因为美来源于人的主观感受，受人的情感的影响，因此，美的感受，一定来自人的心灵。面对同样的风景，人在心绪愉快和悲哀时的感觉一定是不一样的，一个悲哀的人，是看不到这个世界的美的。当一个人爱上另一个人，一定会忽略对方相貌的缺陷。而你们的父母，也一定不会在乎自己的孩子的长相。所以，与其去追寻不断变化的美的标准，不如守定自己的一颗心——一颗完全能悦纳自己的心灵。

J，现在，请你试着做一件事，请你站到镜子面前。

在镜子里，你可以看清自己的全身，你脸蛋的轮廓，你的五官，甚至，皮肤上的小小瑕疵。

请你深呼吸，慢慢地吐气，排空心里郁结的烦恼和污浊。

然后，尝试着面对镜子凝视自己，轻轻地数：一、二、三，牵动你的嘴角，让你的嘴角微微上翘，露出一个发自内心的微笑。这时候，你会发现一个全新的自己——

最美的，一定是你的眼睛。未经尘世污染，或许有些迷茫，但依然清澈，不见风霜。若干年后，岁月可能会让这双眼蒙上阴翳。亲爱的J，你要相信，无论这双眼睛是大是小，你的眼睛都是最美的。让你的眼睛美丽的，不是它长成什么样，而是你青春的心灵让你拥有了最美的目光。

美的，还有你的笑容。这笑容仿佛薄薄的阳光，可以让白天和夜晚没有分界。心无芥蒂，透明真诚。你笑着，可以扫净心灵上的尘埃，也可以让世俗的阴暗躲避踪影。还有什么比这更美、更可爱的吗？

照镜子，不仅可以发现自己的"美"，还有另一重象征意义，那就是找自己，是为了想知道"我是谁"。这是一种重要的自我意义的觉醒。

J，现在，你已经从镜子里发现了自己可爱的样子，这便是在喜欢和接纳自己了。

我很喜欢欣赏年少的男孩和女孩照镜子的样子。开始照镜子代表性意识的觉醒，意识到自己需要一些美的东西。J，当你们到了十三四岁，就会发展对自我的想象，对社会的幻想，对人际的敏感，实际上就是在发展你的心理能力。作为大人，一点都不值得大惊小怪。

当然，从镜子里面对自己，不仅仅可以体会自己的存在，实现对美的追求，在某种意义上，照镜子，还可以帮助你了解自己，学会面对真实的自己。

美学家蒋勋先生讲过一件事：他曾经帮朋友代课，面对的是一群大一的学生。为了更好地认识他们，他请学生们画自画像，然后准备两分钟的自我介绍。他们并不是美术系的学生，画自画像自然不是他们的长处，蒋勋先生的目的是，希望他们可以在镜子里看看自己。当学生们在课堂上做这个作业的时候，几乎有一半的学生最后都哭了。限定两分钟的自我介绍，都不够用。站在旁边的蒋勋先生忽然发现，这些大一的学生，他们内在都有一个寂寞的自己，是他们不敢面对的。他们在镜子里认真地面对了自己，然后，用两分钟的时间把自己袒露出来，他们说的很多话，父母也许没有听到过，老师也没有听到过。但是，这些话必须有人来听。

所以，J，当你从镜子里面对自己的时候，我希望你不仅仅悦纳自己的容貌，还要悦纳自己的心，悦纳那一部分并不愿意被所有人看到的心。而这颗心的声音，总应该有人可以倾听它，欣赏它。或许，我就是那些能欣赏和倾听它的人中间的一个。而后面写给你的这些信，或许能帮助你走上真正了解自己、面对自己和这个世界的旅程。

　　而我，也正是通过这些信，拨开层层迷雾，找到了那个隐没在岁月深处的少年的自己。

你拥有很多爱，为什么仍然孤独

爱的表达，是一种能力，而感觉爱，也是一种能力吧。就像对幸福的知觉一样，倘若不懂得发现和有意地感知，那么不管别人如何爱你，你都无从知晓。

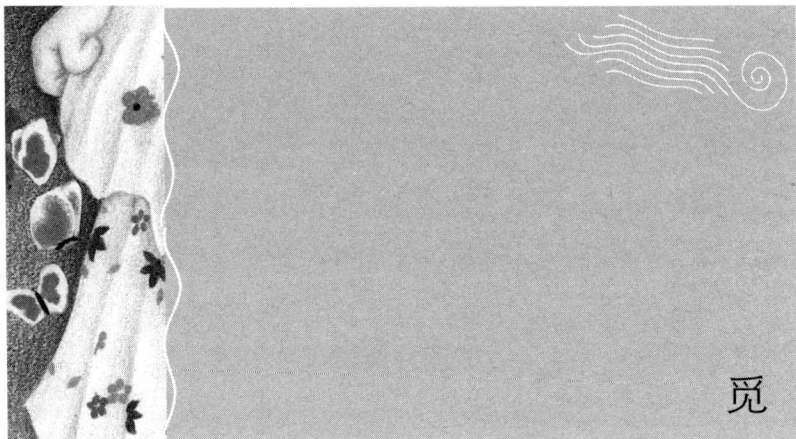

觅

不知从何时起

我和你的心头

涌起了一种失落

一种难言的苦闷

我们不再会疯疯癫癫

大喊大叫地

奔跑追逐

我们不再会傻兮兮地

把心中的秘密
抖落

属于童年的一切
都如过眼烟云
飘逝了
飘逝

你的眼睛
像一潭不可捉摸的
深湖
在你我之间
拉起了
迷迷茫茫的
面纱

我试图
把手臂伸给你

可是

那层面纱

却如厚厚的障壁

遮挡了你的表情

也阻隔了两颗心

于是

我想去寻找

和你一起

一起去寻找

那飘逝而去的

童年的天真

找回那份纯洁

那份可爱

寻寻觅觅

觅觅寻寻

在悠悠的沉思里寻找

在蔚蓝的大海边寻找
在小鸟的歌声中寻找
可是
失去的似乎永远失去

失望之余
我们却几乎同时发现
我们身边
除了童年的天真
还有一样更可宝贵的东西
——真诚

又一次
我把手臂伸给你
挽在你的臂弯里
早春的细雨
一滴一滴
一滴一滴

向我们的心底

渗透

终于你抬起了

清澈的眼睛

一阵微风

吹皱了那潭沉默的深湖

从你的双眸里

我欣喜地看到

一轮新鲜的太阳

冉冉升起

写于 1989 年初夏

亲爱的 J：

你曾不止一次向我倾诉你的孤独。你是父母家人的至爱，在你身上聚焦了那么多关爱的目光，可你依然孤独。

望着你无助困惑的脸，我却并不焦虑担忧。因为，我分明看到，孤独，犹如傲娇的带刺蔷薇，是你青春荆冠上的装饰。

孤独是什么？

一个极端贫寒，终日为饱腹奔忙的人，或许难以感受到孤独；一个精神麻木，沉湎物欲的人，恐怕也无暇感受孤独。

孤独往往搭伴敏感的心灵。处于青春期中的你，你的心仿佛干渴的植物，贪婪地汲取每一滴甘霖，这棵植物的枝枝蔓蔓，都布满触觉敏锐的神经，一丁点伤害，都会让你疼痛皱缩。

即便身处喧闹，即便饱受爱的关注，你依然可以当众孤独。你苦恼于找不到"同类"。

所以我说，真正的孤独不是一人独处时的寂寞和惆怅，而是身处人群中，或者面对熟悉的人，却无法倾听与表达。就像一个流落于荒岛的人，远远看见渐近的航船，歇斯底里地呼喊求救，却无济于事。航船渐行渐远，消失在海的尽头，只剩浪涛拍岸……

这之后的才是深刻的孤独，侵入骨髓，并伴随着萧瑟的绝望。

曾经，一个孩子写信给我，讲述她的"孤独"——

我是一名初三的学生，父母不吵架，家境不贫穷，他们也不会担心我的成绩，而且我在青春期不会出现顶嘴、早恋、逃学，以及泡吧喝酒之类不靠谱的事情。从小父母就培养我的独立，嗯，如今他们也不会担心我的生活，因为我可以自己照顾好自己。

但问题就出现在独立上了。正是因为我的独立，让他们可以更放心地去工作，于是，他们不用为我的生活而担忧。

我的童年是与爷爷奶奶度过的，但在青春期，我是与自己度过的。我并不是寄读生，相反，我和父母生活在同一个城市，同一个屋檐下，天天见面。但是彼此的生活毫无交集，除了用餐。

我会每天自己定时起床，用餐，上学，放学，学习。他们也会每天定时起床，上班，下班。哦，忘了说了，母亲出于工作原因经常出差，但她与父亲关系特别好，与我关系也很融洽。父亲在我眼中是一个长不大的男孩，因为有时候比我还幼稚，所以我和父亲的关系比与母亲好（正因如此偶尔会遭到母亲爱的嫉妒）。我还有一个爷爷，身体硬朗，我们一家三口的中饭与晚饭都在爷爷家吃。（一吃就是十四年，活脱脱的寄生虫啊有木有！但老人家好开心的！！）

看到这，有没有觉得我前面说了一大通废话外加无限秀恩爱？生活按理来说是非常幸福的，但是我却常常感到孤独。因为我可以照顾好自己，他们便全身心地投入到了工作当中去。而我，就一直在享受孤独。

这种孤独存在多久了？连我也忘记了，小时候我常常自己一个人在家，一脸恐慌地蜷缩在被子里，用哭腔去给他们打电话："你们怎么还不回来啊，呜呜呜，我自己一个人在家好害怕啊！"回答却往往是："爸妈都有自己的工作，你不要害怕，你是安全的，再说了，人总要学会自己长大对不对啊？我们一直守护在你身边，没事的。"然后我颤抖着放下电话，继续享受一个人的孤独。

后来我渐渐大了，也不会去打电话告诉他们害怕了。因为我知道，他们好忙，忙到连电话有时候都接不了。

有一次我上学时，手臂摔伤了（后来经检查发现是骨折，但那时候还不知道）。因为家里没人，我从爷爷家拿了几片膏药自己贴上就算了。一个人用一只手臂写完作业洗刷完毕便睡了。那次因为手臂无法承重，忘了用什么方法把洗脚水端到地上的，反正过程应该很艰辛。那时候也不存在恨，也不存在难过。

还有一次玩游戏时，我把爷爷家的玻璃门打碎了，后果是把脚也崴了。那天我永远忘不了，父亲回家二话没说，把我端在地上，我呜的一声就哭了。他上来问我："你为什么要把玻璃打碎？你知不知道要是打着爷爷奶奶会很危险！"说完就拉着我回家，把我拖进家里，自己走了。

是我太计较了吗？我好伤心哦，我拖着自己崴伤的脚一瘸一拐地回到了屋里，哭了起来。母亲回家本想安慰我，知道我打碎了玻璃后，特别严肃地走开了。我那个时候真的是心灰意冷了，我错了，是的我错了，没错我错了！！但我还是个孩子！我认识到错误了，却连个可以诉苦的人也没有，只遭来一个又一个白眼。我那时候很疑惑，难道我连块玻璃也不值吗？从那以后我便知道，我连孩子的权利都没有，因为没有人去让我实行这个权利。我开始越发想念自己离去的奶奶了。

随着年龄的增长，我慢慢也知道自己独立是应该的。因为自己的独立让父母更加放心。他们也不会去担心我。我也会学着去理解他们。后来我竟然成为其他家长眼中的"别人家的好孩子"。这也是母亲为我感动与骄傲的，他们更加放心我了，我却越发孤独了。

我性格有点内向，至今还没有一个真正的知心朋友。每个周末就宅在家里，反正也没人管我，但我很乖，会自己安排好自己的生活与学习，不会去遭受外界诱惑。我感恩母亲的教育。很多人都羡慕我的生活状态，但我是孤寂的。伤心没人安慰，快乐没人分享，与父母天天见面却无法读懂彼此的内心。只是给对方尊重与空间。

印象最深的一次是学校一场演讲，所有人的父母必须到场，我的父母却因为工作忙向老师请假了。当我看到其他人都有父母陪伴时，我的眼泪刷地就流下来了，我第一次发现自己是那样的孤单，那样的可怜。

原来孤独是可以放大的，和他人的幸福比起来，我的孤单是那么的大，大到令我非常恐惧。演讲结束时，我给母亲打电话，她说道：我以为你能理解我们的。

是啊，我是可以理解，但我无法去接受，因为我孤独太久了，我也想尝尝幸福的味道。幸福不是每天见面的微笑，而是有一个可以分享的伙伴。

我在享受孤独，承受孤单，也许我是错了，我只是单，没有孤。

姐姐，你叫我素颜吧。

这一封理智、无奈得让人心疼的信，在 9 月刚刚开学的一个夜晚悄悄发至我的信箱。她让我叫她"素颜"。这样一个淡而雅致的名字，是这个年纪的女孩通常会为自己设定的符号，它与父母给予的名字无关，是自己对自己的期许。

J，素颜的孤独你有吗？你又从素颜的心事里窥见了多少似曾相识的感受呢？

就像我们每个人都有父母给予的名字，偏偏，却喜欢自己为自己取一个名字。这是只属于我们的对自己的认知。其实，当一个人离开母体，来到这个世界上，就已经是一个独立的人了。在无法获得独立生活的能力之前，我们依赖父母，从他们那里，我们获得生理和安全需要的满足。但是，现在的你，饱食与安全早已不能满足你，你需要情感的归属和依傍，需要有人为你的心灵遮风避雨。然而遗憾的是，很多做父母的，因为在孩提时代没有受到过情感的呵护，在生活中没有很好的榜样供他们学习，当他们当了父母以后，便遗忘了自己少年时代的需求，或者说，他们并不懂得如何给自己的孩子提供衣食之外的爱的支持。他们在心理上并没有养成"爱的习惯"。

所以，J，请首先不要苛责你的父母。

孤独的本质，来源于渴望爱，却无法得到。而爱，绝不等同于物质上的满足，而是一颗心与另一颗心的交流与碰撞，是肌肤与肌肤的搂抱与温暖。

我想起一档倾听孩子声音的电视节目。一个十三岁的女孩，泪流满面地倾诉，她渴望妈妈的一个拥抱，但妈妈从来不曾给予。她的妈妈却一脸茫然，她说她不习惯这种爱的表达方式，如果这么做了，她会浑身不自在。虽然并不拥抱孩子，但不等于她不爱孩子。

我在看节目的时候就在想，这或许是一种爱的表达方式的错位。J，这个年龄的你，渴望着身体的抚触，渴望着浓稠的爱，然而，你的父母却没有能力提供。这是情感含蓄的中国人的"通病"。

我想起自己的少年时代，我和父母的相处。我也曾像那个十三岁的女孩那样渴望着拥抱。

　　因为在外地工作，我的父亲直到我十岁那年，才回到我和母亲身边，与我们共同生活。父亲的影子始终模糊在我记忆的底片里，我记不得父亲年轻时的模样，更无从重温在父亲怀里撒娇的那份绵软的感觉。十多岁的那年，是在一个疲惫的午后，晕黄的阳光透过窗棂照在老式的照相簿上。我费力地在大堆的旧照片里翻检，企图找到一张童年时和父亲的合影。整整找了一个下午，最终还是失望了。我跌坐在零乱的照片中间，嗅到那股陈旧的纸张特有的味道，一股感伤的情绪慢慢地在心里弥漫开来……

　　莫名地便在心里和父亲隔了一层。即便是生平第一次和父亲合影，竟也是别扭着。那一回，父亲带着我和同事一起出游，我们在一块巨大的山石上照了一张相，黑白的，出奇的丑。照片上我和父亲隔着半人的距离，父亲因笑得过分，脸几乎变了形，我则将头扭向一边，表情尴尬着。因为照片上的自己难看的模样，也因为难以名状的心绪，那张照片后来竟被我偷偷地撕碎了。

　　总感觉我与父亲少了一份惯常的亲热。我从不会在父亲的腿上厮磨，更没有挽着父亲外出的习惯，甚至很少坐下来谈心。与

父亲在感情上的疏离成为我最大的心病和遗憾，我曾经不止一次对密友叹气，说从未有过小时候让父亲搂抱的记忆，并且发誓将来有了孩子，绝不让他在幼年时远离自己。

及至到异地上大学，时空隔开了我和父母的距离。母亲每每在信中诉说父亲对我的牵挂，父亲难得来出差，总要上街买些鱼干之类我最喜欢的零食。父亲并不多言，而我在夜间读书用这些零食充饥时，常常能恍惚感觉到父亲传递过来的淡淡的关怀。

我是一个笃信感觉的人。后来每每感觉到父亲对我的好，我都会悄悄怀疑自己过去的那份感觉是否准确，并且后悔不该毁了孩提时那张唯一的和父亲的合影。而我相信粗心的父亲一定是早已忘了它了。

直到长大后的有一天，当我回想生命中遭遇过的许多人的时候，我忽然意识到，哪怕是我最亲密的母亲和外祖母，我都不曾有她们抱过我的记忆。这一恍悟或许在别人很平常，但它确实给了我大彻大悟的惊喜。我凭什么因自己并不切实的感觉而怪罪于同样爱我的父亲呢？

爱的表达有很多种，有时有形，有时无形且无声。

J，爱的表达，是一种能力，而感觉爱，也是一种能力吧。就像对幸福的知觉一样，倘若不懂得发现和有意地感知，那么不管别人如何爱你，你都无从知晓。你也永远不可能摆脱伴随着青春潮汐而来的孤独感。

至于小时候和母亲的相处，我也一直有着无法言说的不满。我的母亲对我的关心无微不至，但我们的交流仅止于母女之间不平等的对话，她也从不会用身体语言表达对我的爱。因此，当看到电视节目里那个因得不到母亲拥抱而痛哭流涕的小女孩时，我心有戚戚焉。我想起那个年龄的我，曾因孤独，而萌发对女老师的"爱情"。

艾老师是我爱上的第一个女老师。

她长得一点都不美。厚嘴唇，小眼睛，脸上布满淡褐色的雀斑，说话的声音沙沙的，训人的时候嗓门很大。好多孩子都怕她，我却不怕，还有一点"暗恋"她。

我是个女孩，当然不该暗恋女老师。可是，那样一种情愫真的很真实，很微妙，好像含着一颗糖，心也是甜的。

　　事情是怎样发生的，我已经不记得了。那时，我上五年级，十分不喜欢当时的班主任。班主任姓秦，也有一张不好看的脸。那张脸总是阴沉着，说话时常常唾沫四溅。据说，她是学校里最严格的班主任，她带的班升学率总是最高。能做她的学生应该是我们的荣幸，我却很苦恼。因为秦老师不喜欢我，尤其不喜欢我说话爱脸红，不主动和老师打招呼，而且，话总是那么少。我想，我并不是一个骨子里闷闷不乐的孩子。我也有爱说话的时候，可不知为什么，一见到秦老师，刚到喉咙口的话都给吓回去了。

　　秦老师教语文，我的语文成绩是班里最好的。艾老师教数学，我的数学脑袋却总是不开窍，成绩起起伏伏，不稳定。我想，艾老师没有理由对我好，可她偏偏很关注我。上课时提问，她的目光在教室里寻找，时常最终落在我身上，轻轻说一句：你来答！她爱摸我的头发，我的小辫子。有一次，我的辫子散了，还是她帮我梳的头。除了妈妈，从来没有第二个人为我梳过头。我有点怕妈妈，她早晨起来总是很赶，给我梳头时也是心急火燎的，我的脑袋一动，她免不了要呵斥我几句。艾老师的手却很轻，别看她平时爽爽利利的，梳起头来全然是慈母的样子。她温

润的手从我的头发上捋过，隔着头发，我的头皮能感受到她皮肤的温度，这温度竟一直渗透到我的身体里，心痒酥酥的。

是的，我喜欢和艾老师身体的接触。艾老师的爱抚也许是无意识的，男孩子摸摸头，女孩子拍拍背，摸摸她们细小的手臂。这一切做得很自然，谁也没有刻意地意识到，但大家已经在不知不觉中喜欢上了她的这种方式。

我更爱上她的数学课。再难的应用题，经艾老师一说，就变得浅显生动。我的数学成绩居然一点点好起来。有好多次，还考了全班第一。这一来，就有了良性循环，成绩越好，兴趣越高；兴趣越高，成绩也越好。

就这样，我将对母亲的感情悄悄转移到了艾老师身上。晚上做噩梦惊醒，含泪低呼的居然是艾老师的名字，并且暗暗盼望着有一天，艾老师能紧紧拥抱我一回。有一阵，这个愿望还十分强烈。但它只能是个隐秘的愿望，虽羞于见人，却一直固执地涌动着。

J，你是否发现，身体的抚触，对于这个年龄的孩子是多么重要？你也曾像年少的我那样，渴望着抚触吗？并且藉此驱散孤独？

有一位父亲告诉我，在他的儿子青春期以前，他都有一个习惯：每晚睡前，去到儿子的床前，摸摸他的脸，亲亲他的脸颊，和他道晚安。这位父亲知道，即便是男孩，也有着爱的渴望。直到儿子成年，他依然保持着和儿子谈心的习惯，也不忘和儿子之间有意无意的身体的恰当的抚触。他们是父子，也情同兄弟。

拥有这样一位父亲，是儿子的幸运。但我相信，这位父亲的儿子，未必不感到孤独。孤独，是每个独立的灵魂拥有的体会。一个独立的灵魂，无法与他人分享属于自己的全部世界。保留自己的独立世界，对于一个成熟的人，也是必需的。因此，在某种意义上，孤独是一种高贵的体验，它只属于你自己，而你，需要学着用欣赏的心情去享受它。与孤独和解，而不是只领受它给予你的煎熬。

J，倘若你感到孤独，首先请不要抱怨。

请理解你的父母，因为他们自己不曾得到拥抱，而无法给予你温暖的抚触和爱的表达。作为他们的孩子，请大胆地用拥抱向父母表达你对他们的在意与报答。

也请理解周围的人。每个人都有自己的孤独，每个人都是夜海上孤独的航船，有着自己的矜持与航道。你们也许会汇合，但更多的时候，需要仰赖自己的信念和勇气独立驶完漫长的航程。

J，你还要学会与孤独共处，与孤独和解。孤独不是你的敌人，它是人生中必备的精彩，它是你成长路上必经的阶梯。甚至，你一辈子都无法摆脱孤独。青春期对于你来说，不仅需要习惯孤独，也要学会剪断和父母紧紧相连的爱的依赖。你要明白，不要仅仅祈望父母爱的给予，而要学会以坦荡之心向你的父母付出爱。

因为，他们其实和你一样孤独。

这便牵涉爱和被爱，以及爱的艺术的话题了。我将会在以后的信里谈到它。

第三封信

为什么要上学

上学不单是为了将来我们能有一份满意的工作，更为了在与别人的相处中发现自己，完成真正的成长。不是一个人成长，而是和别的同伴一起成长。

我的草原

我拥有一片繁茂的草原
我的草原
长在校园的角落
盛开在梧桐树翠绿的手掌下
小草含着芬芳的笑
友好地迎接
迎接我轻松的步伐

我在草原上放牧

放牧字母的羔羊
一串串美丽的音标
化作彩色的牧羊鞭
在淡淡的雾中悠悠飘荡

我和羔羊们交谈
用生硬的异国语调
在梧桐的枝梢上
小鸟唱着委婉的乡音
抗议　抗议陌生的歌喉
惊扰了它宁静的梦

我举起牧羊鞭
用微笑回答——
我要肥沃这片初生的草原
用每一瓣新绿
织成黎明的鸽哨
点缀起我们共同的世界

写于 1990 年代初期

亲爱的 J：

我看见你笑了，你在笑话我，为什么要和你谈这么"白痴"的问题？

有些问题，听起来的确很低能。比如：我们为什么要上学？

上学嘛，天经地义的事情。但是，要细想，却难以给出准确的答案。

获得过诺贝尔文学奖的日本作家大江健三郎曾经专门写文章回答过这个问题。

大江健三郎的长子 Hikari 刚出生时就是一个畸形的孩子。他的后脑勺上有一个大鼓包，看上去仿佛有两个脑袋，一个大，一个小。后来，医生为他切除了这个鼓包。Hikari 看上去似乎和别的孩子没有两样了，但实际上，他还是和别的孩子不一样。

他到四五岁时还不会说话，却对各种声音的高低和音色很敏感，他学习的第一种语言居然是鸟的语言。他能依据鸟的叫声，就辨别出这是一种什么样的鸟。

这样一个有残缺的孩子，还是需要上学的。他比别的孩子晚一年上学，进了一个"特别班"，那个班级里有各种各样"特别"

的孩子，有的孩子会终日大声叫喊，他们不能安静地坐着，他们总是在教室里来回走动，碰翻椅子。

对于 Hikari 这样一个孩子，似乎应该在家里被悉心照料，学校里看上去乱哄哄的一切究竟能给他带来什么呢？大江健三郎夫妇也曾经想过把他留在家里，因为他们觉得自己有能力教他。

这样的孩子，为什么还需要去上学？这个问题，起初大江健三郎也没有想明白，他只是觉得按照习惯，应该这么做。

过了一段时间以后，Hikari 以自己的行动为他的父亲解答了这个问题。

Hikari 进入"特别班"后不久，交到了一个和他一样不喜欢喧闹声音

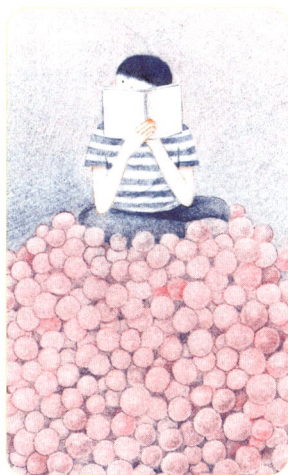

的朋友。他们两个总是并排坐在教室的角落里，手拉着手，忍受着周围的吵闹声。他们常常坐在一起听收音机里的音乐。每逢这位比他还体弱的朋友要上厕所，Hikari 总是热情地帮助他。对于在家里总是得到父母帮助的 Hikari 来说，能够提供对别人的帮助，让他找到了自己的价值。

一年后，Hikari 发现，他最喜欢的声音不再是鸟叫声，而是人们演奏出来的音乐。老师们也注意到，两个喜欢听音乐的孩子，在交谈中居然能说出莫扎特或者巴赫的名字来了。

后来，Hikari 爱上了音乐，他学会了自己作曲，有了属于自己的精神世界。

在故事的最后，大江健三郎总结道："音乐对于 Hikari 来说，已经成为发现自己丰富的内心活动、与别人交流和使自己与社会沟通的最重要的语言。这棵幼芽是在家里种下的，但是只有在学校里它才得以萌发出来。不只是日语，自然科学和数学，还有体育和音乐，也是深刻了解自己与别人交流的必不可少的语言。这同样适用于外语。我以为，为了学习这些知识，孩子们就必须上学。"

原来，在学校里，不单能学到知识，比学会知识更重要的

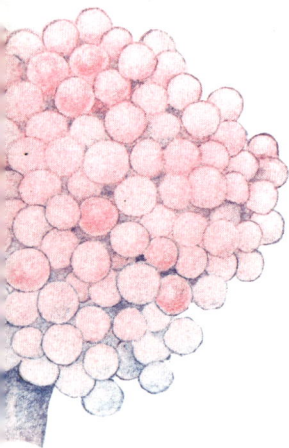

是，学会深刻了解自己，与别人沟通。

他说得当然很有道理，但每个人说服自己的理由是不同的。就像每个人个性脾气不同，爱好也不同，为自己找的理由怎么会一样呢？

我小时候也曾苦恼学海无涯。上小学的时候盼望着快快毕业上中学，上了中学又盼望着早点毕业考上大学，上了大学便渴望早点工作。反正，觉得上学是一件很苦的事，时间慢得像蜗牛爬，好像总也到不了尽头。以为哪天不上学了，就可以摆脱烦恼的根源。

高中三年，因为繁重的学业，连看小说的时间也没有。日日子夜才能上床，天不亮又起床。我心里想着，这样的日子什么时候才能到头？

J，今天的你，相比那时候的我，所承受的学习上的苦有过之无不及。相信你的烦恼，也一定会比我深重。

那时候，对我来说，上学如同服苦役，根本想不通为什么要上学，只知麻木地承受和忍受，一天天挨过去，直至逃离"苦海"。至于想清楚为什么要上学，还是后来的事。当我不需要上学，过着同样单调的上班的日子，我才真正明白"为什么应该上学"。

做学生的时候，我称得上一个"好学生"。无论哪一门课，无论哪方面都是比较出色的。但一开始也许不是这样，因为我十分怕羞、胆小。我最不喜欢的就是见生人，也怕跟人打招呼。若是大人让我跟某某叔叔或阿姨打招呼，我的舌头就像打了结，步子也会往后挪。幼年时，我没有好好上过托儿所和幼儿园，没有经历过集体生活，可是，上了学就全然不一样了。

刚进小学，接触陌生的同学和老师，必须慢慢和他们熟悉和相处。老师居然让我当了班长，于是我不得不在不想说话的时候说话，而且，还要学会为他人着想。这似乎不符合我的天性。我不是一个很好脾性的小孩，三四岁时跟大人去乡下，吃饭时见到别的大人面前都有酒杯，惟独我没有，就生气跑了出去，结果跌在沟渠里，摔成了小泥猪。还爱和外婆发脾气，因为她宠我。

在学校里，却不能随便发脾气。一年级时的同桌是个愣头愣脑的大头男生，很霸道，我们坐在教室最后一排。他一不高兴就拿我出气，小拳头打在我的心口上，下手不知轻重，打得我喘不上气。我居然没吭一声，倒不是怕他，而是不愿惊扰别人。没有兄弟姐妹的我，在学校却要学会忍让，哪怕对方没有道理。

最快乐的是冲到操场上，一起玩各种游戏。上学，让我轻而易举地有了玩伴，在玩耍中互相协调，时常也有不愉快，尤其在女孩子里面，谁和谁不理睬了之类的事经常发生，但一般不可能永远不理睬。日子久了，想想自己，想想别人，矛盾自然就消除了。

当然，你还会遭遇竞争，会遇到个人的能力无法解决的事情，你会面对他人的嫉妒和误解，懂得扶助比你更加弱小的人，你还会享受友情带来的无与伦比的愉悦。上学的日子，喜忧参半，而我，便是在这磕磕绊绊里逐渐长大和成熟了。

J，我相信，假如我不上学，一样可以学会语言文字，学会画画和书法，学会算术；假如不上学，自然也不会去学那些麻烦的物理、化学。但是，在学校学习这些技能和知识，和在家里一个人学是不同的。

一个人学，往往会缺少情趣。你去大自然中，可以学会辨别鸟叫和各种植物，那固然有孤独宁静的美感，但日子久了，也许会生厌，会苦恼没有人交流呢。在学校就不同了，大家在一起学习，学校就提供了这样一个共同的环境，一个小社会。这里有互动，有竞争，有交流，这种交流来自同龄人的情感，是成年后人生的预演。我们在这个共同的环境中被"孵化"，被塑造，最终成为一个新生的孩子。

J，我总觉得，一个没有上过学的人，在性格上多多少少是会有些缺陷的。如果他没有在一个共处的环境中学习知识，学习相处，得到潜移默化的熏染，他也许很难成为一个健全的社会人。

所以，我想，在目前的社会秩序中，上学不单是为了将来我们能有一份满意的工作，更为了在与别人的相处中发现自己，完成真正的成长。不是一个人成长，而是和别的同伴一起成长。

但是，依然有很多人质疑上学的用处。

我有一位朋友，他对自己的儿子做了一个实验——把儿子从学校里领回家，让他在家中接受教育。他和妻子就是孩子的老师。

现在，他的儿子应该上小学二年级，在学校念完一年级后，他就把儿子带回了家。

我很好奇他为什么会这样做？

他告诉我，他一直在考虑，教育的目的究竟是什么？我们通过学习文化知识了解前人的思想，形成自己的人格；通过游戏玩耍，强身健体，锻炼意志品质，学习与人合作；通过音乐、美术等才艺的学习，提高艺术修养。可是，现在学校的教育似乎是把教育的目标简单地锁定在了学习成绩上。分数成了界定优秀与不优秀的标尺，学生们被这个标尺衡量，就好像工厂的生产车间里出来的优等品、次等品。分数也决定了一个孩子在老师、同学眼中的地位。他说："我把孩子带回家自己教育，是想用符合自己的教育理念的方式来教孩子。"

在做出这个决定之前，他征求了儿子的意见。后来，他的儿子选择回到家里。就这样，一年过去了。

在这一年里，我的那位朋友成了他儿子的老师，他给儿子安排了充实的课程表。周一到周五每天三节课，分别是语文、数学、英语，每节课 45 分钟，由他和妻子自己教。其余的时间会安排篮球、足球、高尔夫、陶艺等内容，这些内容主要是送孩子到社会机构办的各种学习班学习。

语文学习的内容偏重传统文化，会教《论语》、《弟子规》、唐诗宋词等等，儿子自己也进行一些他感兴趣的阅读。数学和英语则通过买教材来根据儿子的情况重新编排进度。

我问他：你难道不担心你儿子的人格与个性发展受到影响吗？

这位父亲告诉我，他也曾有这样的担心，但现实似乎并不如此。他的儿子参与到各种社会机构办的学习班里，能认识很多小伙伴，大家玩得很好。

我说：学习班里的孩子是流动的，而全日制学校里，往往可以同学五年甚至更长，在较长时间里建立起来的友谊或许更加可靠，一个接受正规学校教育的孩子，更容易建立起一种归属感和集体的荣誉感。这些，都不是社会上的学习班能给予的。

我的这位朋友没有反驳我。

继而，我又问：你打算在家教育孩子到什么时候？

他说，打算教到孩子十六七岁吧。到那个时候，该学的他也都学了，之后要怎么选择自己的路由他自己决定。在国内考大学，出国读书，学门手艺等等都可以。

J，你如何看待这位父亲对儿子做的实验呢？

我完全能理解那位朋友的良苦用心。中国的学校教育，确实有各种各样的弊病，比如扼杀想象力和创造性，比如僵化机械等等。但是，J，你要知道，任何一种教育模式都不是十全十美的。中国偏重应试的教育模式，和某些国家"放羊式"的教育模式，都经过了几十年的实践，有它的普适性。一个孩子从六七岁到十六七岁，是人生中获取基础知识的阶段，不论哪种教育体制，都可以满足这个需求。而到目前为止，似乎还没有找到比高考更加公平的人才选拔模式。

接受教育的过程，不仅是获取知识、技能，更重要的是和年龄相仿的伙伴们一起学习、一起相处的过程。在家教育孩子，让孩子参加各种社会机构办的兴趣班，看似没有脱离社会，但是，孩子却无法获得同龄人群体里的归属感。没有在学校里受教育的过程,孩子将很难站在既充满竞争又有共同利益的团队的立场上考虑问题。

J,当你还只是个婴儿,父母在喂养你的时候,总是希望为你提供各种各样的食物,让你得到的营养越丰富越好。其实,教育也是一样的。不那么完美的"食物"也许更能激起你自身追求的欲望。J,即便你成年后踏上社会,也将面对一个不完美的世界。而这种不完美,恰恰是世界和人生的常态。

因此,最后我问了那位父亲一个问题:在家由父母自己教育,也许提供给孩子的都是父母认为最适合他的,但是,成年后他面对的世界不可能都适合他,到时候他该怎么办呢?

那位父亲沉默了。

J,全盘否定现行的教育体制,或者消极逃遁一定都不是好办法,聪明的老师和父母,会巧妙地化解教育体制中不适合孩子的部分。如果你拥有一对明智的父母,将是你的幸运。他们会柔化教育体制中坚硬的部分,会帮助你一起做判断,而不是代替你做决定。

J,假如你没有拥有那样的父母,你一样可以试着"塑造"更好的父母。你要相信,父母不仅塑造着你,你也在成长中潜移默化地重塑着他们。

比如，你可以和父母一起讨论学习之余的时间如何安排，并且将这些固定下来。你将从中体会主动选择的乐趣，也可以参考父母的意见，让父母意识到你的长大，而你，将会拥有做好这些事情的责任感。

你可以要求和父母一起，或者和朋友一起经常走出去，去博物馆、美术馆、植物园、动物园、科技馆等等。在植物园里认识植物，远比在课堂上看着文字和图片更生动。所有的假日，都是应该和天空、树木、草地亲近的时间。合理地安排好你的时间，尽可能不要让自己沦为课余补习班的奴隶，用心地体会周围的伙伴带给你的乐趣与存在感，当有一天，你永远地告别了学生时代，你一定会无限留恋上学的时光，也一定会像我一样彻底想明白——

一个人究竟为什么要上学。

第四封信

受欢迎的人

在人群中，总会有一些善良和温暖的人，他们会在你感到孤独和寒冷时，给你支持与温度。千万不要拒绝向你敞开的怀抱。

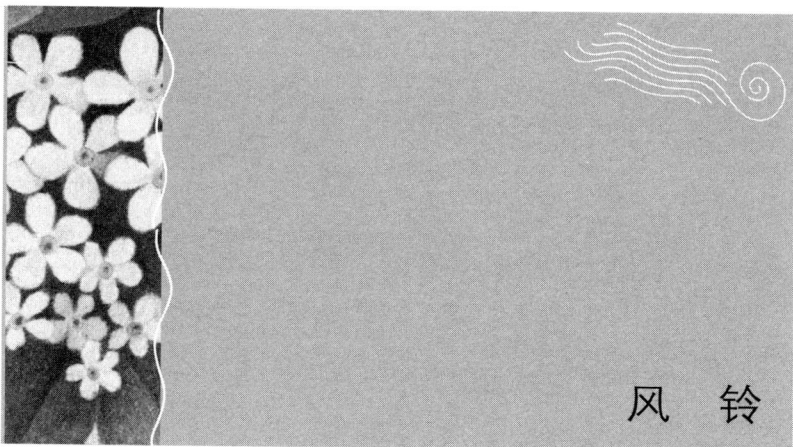

风 铃

不要这样满目哀伤

垂头凝思

听啊，远远的，

有一串风铃

在悦耳的风里飘荡

它是一个隐藏的秘密

在忧伤的心里

沉睡许久

它是一位美轮美奂的仙女

在缀满阳光的林间

飘然而至

不要这样满目哀伤

垂头凝思

这是一个明日的希望

它已被你惊醒

它将牵动你的思绪

随同声声甜美的祝福

叮叮当当地

走进开满杜鹃的山坡

去催开心头的春花

不要这样满目哀伤

垂头凝思

听啊，近近地，

有一串风铃
正在你耳边欢快地吟唱

写于 1989 年初夏

亲爱的 J：

　　那年初秋，我去了深圳的一所小学讲课。

　　那所小学位于一片整齐划一的生活社区，校园里绿荫匝地，有着设计先进的校舍、颜色悦目的走廊和门窗。即便是下雨天，孩子们依然可以在风雨操场奔跑游戏。

　　离讲课开始还有一段时间，我便独自去校园里走走看看。吸引我的，是展览橱窗里孩子们的各种作品，作文、绘画、手工、读书笔记，还有别出心裁的心愿卡，当然，我还想悄悄地观察一下孩子们的一举一动。我对他们充满了好奇。

　　后来，我在风雨操场边的一张石凳上坐下来，周围是叽叽喳喳小鸟一般的声浪，这些声音和好天气一样叫人欢喜。这时候，我发现，十步开外的地方，一个男孩子倚靠着柱子，在朝我张望。他戴一副扁平的黑框眼镜，镜片后闪着机警的目光，个子瘦瘦小小的，他向前半倾身子，欲言又止的样子。

　　我朝他招招手。

　　他便大大方方地向我走过来。

　　"你是要给我们讲课的殷健灵老师吗？"他指了指电子屏幕

上滚动的文字，那里预告了我即将进行的讲座。

"你怎么知道？"我笑了。

"凭直觉。"他有些小得意，用手往上推了推眼镜。

继而，他主动告诉我，他上五年级，从我出现在校园里，他就留意我了，并且猜出了我是谁。

他有些自来熟，在确定了我还有足够的时间听他讲话以后，他有些滔滔不绝起来。他告诉我自己喜欢读哪些书，喜欢天文、历史与地理，最爱读的名著是《三国演义》。他说：你知道我最喜欢《三国演义》里的哪个故事吗？是"舌战群儒"，诸葛亮面对诸儒的诘难，神态自若，一一作答，是为守，然而他又不甘于只是作答，每于答后发起攻势……"我想成为诸葛亮那样的人。"他最后总结道。

我说，你有成为诸葛亮的潜质。

他微微笑了笑，有一种和他的年龄不相称的矜持。

我们说话的当儿，周围渐渐聚拢了一群孩子。他们来自各个年级，有的相互认识，有的并不认识，好奇地倾听我和那个男孩的对话。

男孩继续说着话，基本是他说，我听。随着人越聚越多，男孩似乎得到了鼓励，说得越发起劲了。

"诸葛亮的聪明在于，对不同的人采取不同的方法来击败对方，对张昭，由于他是东吴重臣，第一谋士，诸葛亮采取擒贼先擒王的策略，娓娓道来，严密防守之后大举进攻，使张昭无一言可对。而他对诸儒却以简洁明快的对答迅速结束战斗，不多做纠缠……"男孩对诸葛亮的分析精彩独到，不得不说，小小年纪，言辞间却有一种气势，颇具演讲家的风度。

充当听众的孩子们不由自主地鼓起掌来。我也夸赞了他。但我凭直觉知道，眼前的这个男孩，很可能在平时的生活中缺少表达的机会，而此刻，对他来说，是释放，也是适度的发泄。

"我讲得好吗？"男孩转向鼓掌的人，像是自言自语，"可他们并不喜欢听我讲。"

"谁是他们？"我问。

"我们班上的同学，"男孩看着我说，"他们不喜欢我，他们排斥我。"他说这话的时候，我看见他镜片后的眼睛里泪光闪烁。

刚才演讲时飞扬的神采顿然消逝，他忽然变成了一只委顿的羔羊。他垂下头，双肩收拢，紧抿双唇，以无助的目光望向我。

我有些小小的惊诧。这个初次见面的男孩子，毫不设防地将困扰他的问题交付与我。而此时此地，面对这么多围观的孩子，并不适宜探析他的心结。我站起来，轻轻按压他瘦弱的双肩，对他说:"首先你要相信一点,你非常棒。你比你的同龄人更擅长阅读和思考。我还知道,你希望成为一个受大家欢迎的人。努力去做,总有一天,你周围的同学也会像刚才的那些孩子那样,为你鼓掌的。"

时间仓促,我的话实在流于皮毛。我知道,在男孩压抑却又张扬的表象之下,还有更多他不受欢迎的深层原因值得去探究。然而,那一刻,我只能无力地说出这几句话,我为自己苍白的支持感到愧疚。

听我讲完,男孩开始泣不成声,他用袖管擦拭眼泪,哽咽着不再说话。之后,他便一直沉默着。这时候,上课铃响,我必须去讲课了。围观的孩子逐渐散去……

J,那个男孩是否让你联想起周围的一些同伴?从小到大,无论在怎样的群体里,都会有这样的一些人存在,他们或许才华出众,或许封闭迟钝,或许孤僻冷傲,无论他们是怎样的性格与脾气,都有一个共同点,似乎有意无意地被所在的群体排斥和遗忘了。

J,你也许会说,与众不同、离群索居有什么不好,这或许是他们主动选择的结果呢!然而我却要说,人是一种群居动物,无论一个人多么独立,多么反叛,多么特立独行,他内心的深处、最深处,一定是渴望着群体的接纳和欢迎的。正因如此,他们内心的痛处总会被不经意地触碰到,如果带着这样的痛成长,他的人生一定会有无法弥补的缺陷。

不受欢迎的人往往有两种，一种人，往往浑身带刺，总是将人扎到。前边说到的男孩很可能属于这一种。他或许会有目中无人的弱点，或许会在与伙伴的相处中，过于彰显个人意志，这些看似无意的行为，却是对他人无意的伤害。另一种，则是自闭的，他们对周围的世界锁闭心门，用暗刺扎伤自己。无论哪一种，其实都是值得我们去怜惜与理解的。

我想起自己少女时代的一个同伴。她的名字叫谷蓓。

谷蓓是个有着忧郁气质的女孩。读高一的那年夏天，谷蓓成了班里的新成员。她到来之前，班主任恳切地教导大家，要好好待她，就像对待自己的姊妹一样。

谷蓓来了，她瑟缩地站在门边，短发遮住了半边脸。班主任示意她介绍自己，她迟疑了半天，才不太情愿地走到讲台前，用极细极低的声音说："我叫谷蓓。"只此一句，便不再多说。我注意到谷蓓的眼神游离，似乎总在躲避别人的目光。她说话的时候，手指不停地捻着衣角，衣角已经被她揉皱了。

谷蓓静静地在第一排的位置上落座，此后，便总是沉默着。班里多了一个谷蓓，又好像根本没有多她一样。她从不主动发言，无奈被老师叫到了，也是很恍惚的样子，支吾着，像是在梦里面，常常答不出所以然。几次以后，老师就不叫她了。下课了，她或是坐在座位上想心事，或是独自倚着走廊的栏杆出神，从不加入我们的谈话。偶尔，她也有笑容，那是在见到我们一群女孩子疯笑的时候，她的嘴角也会微微地翘起，眼睛里流出柔和的光波。

花季年龄的少女总是有着花一样的芬芳，即使在忧伤的时候，也不会忘记在生活中寻找亮色。然而谷蓓不是，她始终沉郁着，像一潭平静而幽深的水。她的平静，却撩起一些人的不平静。

曾有两个好事的男生好奇地"跟踪"过谷蓓。放学后，他们悄悄地躲在谷蓓身后，穿过狭长的凹凸不平的小巷。那是一间临街的集体宿舍，门外围着一圈参差不齐已老朽的竹篱笆，窗上挂着一袭蓝色的窗帘，窗帘拉上了，看不见屋里的情形。那两个男生几乎是带着炫耀向我们描述谷蓓的住处。听着，我的心里泛起了一种说不清道不明的感觉。我猜测和我一般大的谷蓓会有一段不寻常的经历，十六岁的谷蓓正承受着什么？

渐渐地，谷蓓的故事在同学中悄悄地传播。大家谈起谷蓓，语气里带着探究他人隐秘的快感。班主任告诉我们，谷蓓的母亲在外地，父亲是本地一家医院的医生，只是谷蓓和父亲分开独住，她让我多关心谷蓓，因为我是班长。

　　我怀着体恤的心情去接近谷蓓，问她作业有困难吗？生活上有什么需要？然而谷蓓却总是在隐而不露的微笑之后，把头低下去，不再注视我。我由此固执地认定，谷蓓是无法接近的，她在自己的心窗上加了一把锁，锁住了窗外万千种迷人的风景；而我，却叩不开那扇紧闭的心窗。

　　有一次，邻班年轻的地理老师在我们教室门口张望，他也姓谷，是个英俊高大的小伙子，很吸引一些女学生的注意。他在门口站了一会儿，便径直走到谷蓓跟前，把她叫了出去。谷老师的举动让大家诧异，没人想得到他与谷蓓会有什么瓜葛。谷蓓贴墙站着，背着手，头垂到了胸前；而年轻的谷老师却面带愠色，手指极不耐烦地捻着粉笔头，白色的粉末像下雪一样撒在地上。谷老师的声音隐隐约约地传过来，大意是指责谷蓓不争气，丢了他的脸。那时，期中考试刚刚结束，谷蓓的总分是倒数第二。

　　事后，我私下里问班主任其中的原委，班主任说谷老师是谷蓓的哥哥，但他不喜欢这个有些木讷，也不漂亮的妹妹，觉得丢面子。在学校里，他们相处得像陌生人一样。班主任说着，无奈地叹口气。班主任的话令我惊讶，我似乎理解了谷蓓的忧郁，一个连哥哥都不爱她的女孩，如何能热烈地爱自己、爱生活？

我再一次对谷蓓敞开了胸怀。我努力把她拉进女孩子们的行列，上体育课，邀她一起打排球，放学了，请她结伴而行。当女孩们掩着嘴咪咪笑着议论某位男老师的秘密，或是为喜欢的偶像争得面红耳赤时，谷蓓也在一边静静地听，虽然很少插话，偶尔，眼里也会闪现向往的神色。

在一个阳光明媚的下午，谷蓓终于把我领进了她那临街的小屋。这是一间简朴而狭小的屋子，一张床，一张桌，一只箱子，仅此而已。床单是柔和而清新的图案，和墙上绿意盎然的风景画很协调。令我惊诧的是，桌上、墙上竟没有一张她自己或家人的照片，这令小小的屋子显得有些苍白，少了些情感气息。

"为什么不放一张全家的合影呢？"我问她。谷蓓侧脸望着窗外，像是没有听见，脸上闪过一丝不易察觉的惆怅。十六岁的谷蓓过早地有了一种成熟而忧伤的气质，她已经拒绝倾诉了。

紧接着，是漫长而难耐的暑假。

当我们重又回到学校，我忽然强烈地希望见到谷蓓，我想看一看，经过了休整，新学期的谷蓓是否会有新的面貌。然而，我却一直没有见到她，她的座位空着，九月的阳光蓬勃地照在课桌上，却透露出一丝凄凉。

一天，两天，谷蓓依旧没来。

第三天早晨，班主任脸色阴郁地走进教室，告诉大家谷蓓暂时不会来了。前天，她把自己关在小屋子里，喝了大量白酒，而且吞服了安眠药……本地的医院无法收治她，此刻谷蓓正躺在外地的一家大医院里。无人能解释谷蓓的行为，她没留遗书，也未留下任何话。班主任带来的消息既让大家意外，又似乎在意料之中。孤僻的谷蓓最终做出了过激的举动。我想象她躺在白色的病床上，身上插满各种各样的管子。在她吞服药片和酒精的时候，她的心灵是处在怎样黑暗的炼狱里啊！我们无法去探望谷蓓，班主任隔三差五地告诉大家她的情况：谷蓓脱险了，谷蓓需要换肾，谷蓓情绪低落……大家也逐渐知道了一些她家里的情形：其实，谷蓓是个养女，从小养父母分居两地，据说她的养母是个气质极佳的企业家，为了专心事业，她把谷蓓推到了养父身边，而当医生的养父是个性格乖戾的人……

一个月后，谷蓓病愈出院了，却再也没有回到我们中间。可是，在以后的几年，她的形象总是浮现在我的记忆里，并且引起我的思考。我时常会设身处地地想象谷蓓当时的心境，尤其在愁绪满肠的夜晚，眼前便浮现出谷蓓清瘦而苍白的面容。我告诉自己，良好的心境是一笔宝贵的财富，无论如何，也不要紧闭了自己的心门。如果那时，谷蓓能学会倾诉，她的忧伤还会无止境地堆积吗？

然而，并不是每个人都有能力倾诉，闭锁自己不是谷蓓的过错。如果说有错，错在谷蓓的成长环境，错在这个家庭中爱的缺失，而谷蓓身边的我们，所看到的，只是谷蓓封闭自我的表象。

J，当你身边出现了不受欢迎的人，请一定设身处地为他们着想，一定要心怀体恤地理解他们——因为生活中缺失了什么，才造成了他们的冷漠与乖戾。

J，假如你正是那个不受欢迎的人，更要懂得主动去靠拢那些温暖的人。在人群中，总会有一些善良和温暖的人，他们会在你感到孤独和寒冷时，给你支持与温度。千万不要拒绝向你敞开的怀抱。而你，也要学会像个敏感的小动物一样，凭着嗅觉，去寻找可以接纳你的安全巢穴。

不要夸大了自己的独立和坚强，最好的成长路，一定是相伴而行的。而美好的相伴，需要一些技巧和智慧。这些话题，我们还将在后边谈到。

第五封信

生命旅途，
每个阶段都有意义

这些青春的日子，无论它多么乖戾、狂乱、惶惑、郁闷、繁复、单调、枯燥，无论它摊上多少不堪的形容词，它们都会变作一笔定期储蓄，等你年老时来享用。

十四岁的故事

把你的心儿
弯成浅浅的小船
弯进十四岁青春的港湾
十四岁的故事
是清晨飞动的曙光

十四岁的故事
不再简简单单
不再是彩色蜡笔

勾成的童话
天上的叶子都带着问号
一片片
飞进你心里开启的小窗

十四岁的时候
一定有很多问题
把你引进了迷宫
不然
面对着眼前的道路
为什么总会迟疑彷徨

十四岁的时候
一定有很多惊喜
突然出现在你的前方
那颗小小的心
常常激动得要跳出胸膛

十四岁的时候

一定有些什么必须放弃

是幼年时软弱的哭泣

还是那本流水账似的日记

那些密密麻麻的句子

像含露的藤蔓

攀爬在青涩的梦乡

十四岁的时候

你会看见点点滴滴的眼泪

在你的故事里飘飞

那是同龄人的快乐和悲伤

十四岁，十四岁啊

就是晴雨变幻的季节

就是纷纭难解的谜团

所有的谜底

都藏在时间的背后

将来有一天你会发现

它们原来都平平常常

写于 1990 年代初期

亲爱的 J：

　　从学校毕业之后，假如有足够自由支配的时间，我最心仪的一桩事情，便是去旅行。

　　我可以和你讨论很多关于旅行的话题。我知道，你也向往旅行，向往扑入自然的怀抱，贪婪地呼吸陌生的空气，用眼睛捕捉新鲜的景致。但这一回，我并不想和你讨论旅行中看到的风景，只想说说旅行借助的交通工具，以及在到达目的地前的那一段旅程。

　　我是常常出门的。飞机，是最便捷的交通工具。但是，千里之遥的路途，远离凡尘的云端，却很少有东西令我印象深刻。人

和人近在咫尺，两颗心却远在天涯。只记得邻座的男人或女人，或优雅或粗鄙的姿态，咖啡的幽香，以及航空食品单调的滋味，而那些人的脸却永远隐在记忆的背后，没有轮廓，没有表情。当然，也不会有故事。

飞机只是一个单纯的载体，只重目的，不重过程。因为它不提供环境，你自己就是一个环境，是一个孤立的社会。你当然有探求的欲望，比如说坐在你身边的那个戴银手链的女子，她始终不离手的素色封面的小说，还有挂在胸前的精巧的银壳手机。银手链、小说、手机都只是一个符号，你真正感兴趣的是隐藏于符号下的女人本身以及她的故事。可是，环境不允许衍生故事。因为匆促，也因为环境造就的人与人之间的隔膜：冰凉的扶手、被安全带束缚住的身体、逼仄的空间，以及莫名优越感下的矜持和冷漠。当然还因为有一个巨大的明确的目的在等你，你的旅行就是为了奔赴目的而去的，目的需要实现，而不是体会和品味。

于是，探究的欲望还未全部燃起，旅程已在飞机的起降间结束。

火车就不一样了。如果有足够的时间，我还是愿意选择坐火车。

在某种意义上，火车是平民式的，裹挟着人间烟火的热气，听得见女人的笑声和婴儿的啼哭，人的层次也更丰富。若是长途旅行，就更像是在过日子了。火车几乎可以实现所有家常生活的乐趣，不但保证了用餐的规律和松弛，还带上了郊游式的情趣：打扑克的，聊天的；结识陌生人的；观赏窗外风景的；沉思默想的；巧遇邂逅，引发故事的……一趟旅行就是一个延伸的过程。不管有没有说过话，有没有对视过，但至少，都悄悄地互相探求过，下车前，心里暗暗一笑，哦，我知道他是做什么的了。

这个过程，或许并不美好，但是丰富，可以回味。

充足的时间和空间，可以让思维的节奏在列车车轮声里变得清晰，变得舒缓，并且，给观察陌生人提供了充足的掩护和理由，同时，也有了充裕的时间思考自己。

比如看你对面的那个女孩儿，她穿着一件格子衬衫，脸色苍白，目光忧郁。她不和周围的任何人搭讪，始终望着窗外没有变化的景致。你想她也许有什么心事，也许和谁闹了别扭，但这些你是无法探查到的。这时候，你试图和她讲讲话，可往往这时候火车到站了，她转身走了。

火车就是这样一种过程的感觉。它提供了环境和时间，把人探求、期待或渴望的时间延长了,所以才会发生各种各样的故事。这些故事或许并不光鲜,但它们依然让人向往。

当飞机替代了火车,平淡苍白、单调乏味也将逐渐替代故事和激情。这便是省略过程抵达终点的遗憾。而坐火车,注定了你将忍受漫长过程中的繁复、意想不到的突发状况,当然,你也可能欣赏到一路或平淡或亮丽的风景。

J,当我如此这般比较火车和飞机旅行的异同,你是否能领略各自的利弊呢?假如把人生比作一趟旅行,假如有一个终极目标在等待你,你是愿意选择坐飞机,省略掉其中的辛苦和繁琐,便捷地抵达目的地;还是宁愿选择火车,忍受其间的甘苦,慢悠悠地观赏一路风景呢?

你或许愿意选择前者。

当我年少时,我也会选择前者。因为,我不堪忍受这过程的漫长,不知道遥远的未来会怎样,不知道我是否有耐力独自跑完变幻莫测、叫人肝肠寸断的青春期。我多么想马上抵达终点,我要以最快速度去拥抱未来的小阳春。

这让我想起学生时代跑 800 米的体验。跑道的终点在遥不可及的远处,只听见自己气喘如鼓。喉咙口好像装了一台小型鼓风

机，它不仅发出古怪的声响，还让我口干舌燥，呼出微微的血腥气。天空在晃动，日光在晃动，风在晃动。远处的教学楼仿佛浸在药水里的底片，扭曲，倾斜。尽最大努力拖动灌了铅似的双腿，一再对自己说：坚持！坚持！快了，那白色的终点线就在前方一百米处。我用尽最后的力气，加大步子，抬高腿，同时，张大嘴巴，贪婪地吸进更多的氧气……

J，青春期的过程大抵如此。

告别平顺明朗的童年期，刚刚步入青春，你就发现了它的险恶，不可捉摸。J，你说你憎恶这个阶段，你和这个世界争战，和成年人争战，也和自己争战。偏偏，无论这个时期多么不讨人喜欢，它却是无法逾越的。你不得不怀着坐火车的闲适心情，来欣赏和体会这一路上形形色色的风景。

人生的任何阶段，都值得我们用欣赏的心情去体验和享受。无论它是灰暗的，还是明媚的，你都逃避不了。

J，你知道吗？当我还在童年的时候，便已经不喜欢自己，曾经向往着早日长成你这个年纪。

那时候，我最钦慕的人是高年级的女生。我曾经站在学校的走廊里，无限神往地注视她们，看她们穿着白衬衫和蓝裙子生气勃勃地走来走去,看她们梳得很美丽的发辫以及矜持而文雅的走路姿势。尤其是在放学路上,碰见两个个子高挑的女孩偶然相遇,然后停下,一边抚弄着书包背带,一边轻声地交谈,脸上掠过灿烂的表情。这时候,我会天真地想象着有一天,我也能以这种优雅的神态和女伴交谈,那是多么令人陶醉的体验。

琪是我熟悉的唯一的高年级女生,她住在我家楼上。琪留着柔顺的短发,丹凤眼,还有着一张樱桃似的好看的嘴唇。念初三的琪每天从楼梯上款款走下,背着一只藏青色的牛津布书包,走过我家门口时,总会对门里的我说一声:"还不去上学啊?"她的声音动听得像唱歌一样,然后挽起等在楼下的女同学的手,就这么一路走一路笑地消失在我的视线里。

我最喜欢看她们上学去的背影,琪比她的女同学高半个头,她夏天爱穿素色的连衣裙,冬天则常穿湖蓝色的滑雪衫。琪的身影显得纤瘦却很精神,她和女同学头靠头地说笑,很亲密的样子。那时候,我还不懂得"风采"的含义,只是依稀觉得,到了琪的年龄,我将会拥有与琪一样的骄傲与快乐。记得有一回,我还悄无声息地跟着琪上楼,欣赏着她走楼梯的步态,那一跳一跳轻盈的姿势也那么美。

相反，我为自己的小孩子气感到可笑和惭愧，因为我无法面对别人的眼神，红晕总像不听话的精灵偷偷飞上脸颊；因为我总是躲在妈妈身后观察外面的世界，因为我什么都不懂，什么都学不像，因为我仅仅是个三年级的黄毛丫头。我对同样是小女孩的好朋友咏儿说，当我们成为大女孩的时候，我们身上一定会发生可喜的变化，我们会变得美丽温柔，变得充满活力。这便是我最初的成长之梦。

然而，没有想到，始终快乐的琪，被我仰望的琪会在我的面前流泪。那是某个夏天的炽热下午，已考上高中的琪倚靠在栏杆上为我扎辫子。

琪将手指插入我的头发，用指腹轻轻捋过我的头皮，痒痒酥酥，好舒服。

"你真幸福啊！"琪突然说。我不解地抬头看她，竟见她的眼里噙了湿湿的泪。我一时不能明白学业顺利、长相出众的琪还有什么烦恼可言，更不懂琪为什么在我这个不谙世事的孩子面前流泪。

"我很心烦哪。"琪并不解释，只是嘟哝一句，便不再多言。

"心烦"，对于当时的我来说，这是一个多么遥远而陌生的字眼啊。然而不知为什么，从那时起，琪的泪眼似乎总在我眼前飘忽，让我迷惘又令我心惊。

多少个日子之后，我终于也能像琪一样，穿上蓝布裙子夹着书本在校园的林荫道上散步了，也能听低年级的孩子恭恭敬敬地叫上一声"大姐姐"了。我和咏儿时常面对面地欣赏对方，彼此回忆童年时的模样；我们也常常推心置腹地交谈，像其他亲密的女友一样。在很长一段时间里，我一直认为能够坦诚地与他人交流是成熟的标志之一。

可是，尚未来得及尽情地品味成长的喜悦，我却跌入了另一种尴尬的心境中。当我抑制不住内心的激动而欢呼雀跃时，会有人提醒我，女孩子要注意举止；当我把真诚的心坦露出来的时候，却发现面前隔了一道若隐若现的障壁；当我的好意被曲解时，我发现自己是那样无助与迷茫；当诱惑在招引我时，我总要想一想应该这样做还是那样做；当这一切接踵而来时，我便被模模糊糊明明暗暗的心绪笼罩了。而原本亲近的父母，他们忽然变得陌生与隔膜，我封闭了自己，掩藏了自己的秘密。我没有勇气将隐秘的心事拿出来晒太阳。

这是成长的喜悦吗？我问自己。

这是成长的必由之路吗？我又问自己。

在一个晦涩的雨季，我第一次因莫名的缘由而对窗哭泣。那一刻，我心乱如麻，无所适从；也在那一刻，我蓦然忆起几年前琪的那双泪眼，它是如此清晰地凸现在我面前，成为琪留给我的最深刻的纪念。我恍然知道，我正在经历与琪当年同样的心境，这也许是少女时代无法回避的体验。

J，生命的旅途中，总会对自己已经拥有的心怀不满。年幼时，祈盼成长；成熟了，却又幻想童年在风中悠荡的秋千。我们永远不会对现在满足。与其让遗憾点缀生活，不如在遗憾中寻找生命的亮点。

人生中的任何阶段，都值得你怀着珍惜之心去记取。总有一天，你所憎厌和抱怨的这些日子，都会成为将来你年老时无限怀恋的记忆。这些青春的日子，无论它多么乖戾、狂乱、惶惑、郁闷、繁复、单调、枯燥，无论它摊上多少不堪的形容词，它们都会变作一笔定期储蓄，等你年老时来享用。

而你，绝不会辜负你今天所经历的这些，每走一步，都是在预支你的未来。

J，总有一天，当你年老时，你不再能疾步如飞，可记忆中分明凸现出在原野上奔跑如风的画面,这个画面或许和懵懂的情感有关,还牵扯出一段心灵深处的隐秘情感,这些情感是温暖你枯涩老年的炉火;年老时,你也许功成名就,可你却早已失却了青春年代探求世界的莽撞、热情与敏感,那时的你,一定会眷恋走来的一路艰辛。是青春时代的迷茫,造就了你未来的智慧与坚定;是青春时代的莽撞,造就了你未来的成熟与严谨……那时的你,一定会用天底下最美的形容词去形容你的青春期,回忆将让你的老年丰沛无比……

J,用欣赏的心情度过你人生的每个阶段吧。人生的每一段旅程,无论它可爱,抑或不可爱,既然它无可回避,为何不以悦纳的姿态去迎接你的明天呢?

过程,永远比结果更美。

面对不可理喻的世界

你在长大的路上，一定会经历很多的惶惑，一定会有绝望、失败、挣扎，而对抗种种黑暗的，是一颗明亮的心。守定了这颗心，你才会拥有力量披荆斩棘，一边与黑暗争斗，一边发现着黑暗中的美好。

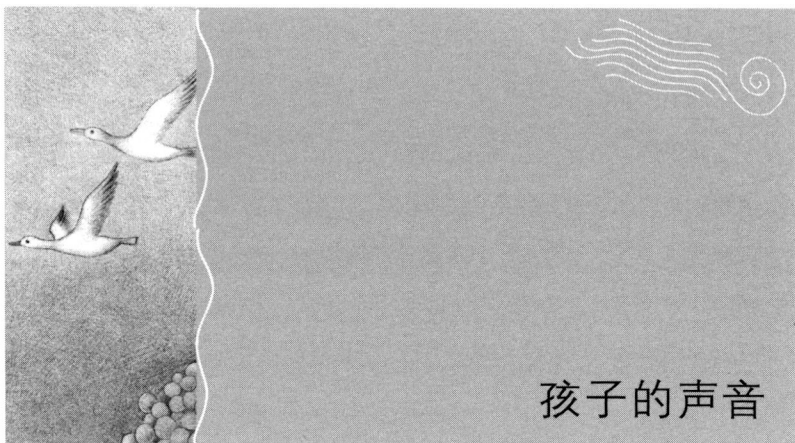

孩子的声音

是什么停留在我的心尖
是什么停留在我颤抖的微笑里
是什么停留在我遥远的回想边
是什么停留在我远行的帆樯上
久久悬挂

我是一只漂泊的船
在人声和欲望的海洋上航行
只有它

只有孩子的声音

这洁白的海燕如温暖的精灵

将我的心

融化成一朵粉红的花

这声音接近天籁

不用戴粉饰的面具

也不用神的手来绘画

纯白而透明的童音呵

轻轻地　　轻轻地

漂浮在世俗的海上

跳跃着　　跳跃着

顽皮地轻碰我的眼睛和面颊

唤醒我沉睡的心

歌一样动听的童音啊

让浪花盛开

让思念飞翔

于是这无望的海不再无望

还会有金色的星星在阳光下闪耀

还会有银色的鱼儿在浪间穿梭

我不知道它会不会丢失

是不是他们都如我一样

热爱孩子的声音

我要回到童年去

这是我成长后的诺言

如果我不怀念童年

谁来亲吻这朵粉红的花

我不会比天涯更远

不会比大雁更高

我选择天涯

却忘不了童音的召唤

我选择大雁

却歌颂海燕美丽的飞翔

是什么停留在我远行的帆樯上

久久悬挂

我在世俗的海上漂浮

笑容里有童年的青草和阳光

写于 1990 年代末

亲爱的 J:

　　曾经,我每天都要走一段长长的路,是这个城市最现代繁华的一段路。这一段路,本有很多精彩,但看多了,那些橱窗、建筑、广告都没了看头。若不是因为有街上不断变化的人,我想,这段路在我心里大概和乡间的田埂没什么两样。

　　通常是上午九、十点钟的光景,我走在路上。这时候,上班上学的人群早已散了,商厦尚未热闹起来,汽车一辆接一辆井然有序地开过,街沿上步行的人稀稀落落。如果在秋冬季,悬铃木的叶子倏然飘落,偶或飘来西点房的奶香味,人的步行因为红绿灯而有了或行或伫的节奏,这一路就走得十分有兴味。天还冷,身上却起了细汗,有了点春天的气象。

　　况且,这一路常常会有意外的景象发生。

　　有一个奇女子,我曾经两次与她迎面相向。说她"奇",当然指她的外貌与装束。第一回,远远看见一朵艳丽的"花"飘过来,她的色彩首先抢夺了人的眼球,是那种少见的从上至下的俗艳的红,顶着一头黄发。单是那色彩,倒并无让人惊异的地方。待走近了,才真的在心里一惊。她的脸画成了一张调色盘，像被小孩子无意间翻倒了颜料瓶，口红、眼影、胭脂都不在它们恰当的位置上，加之无法遮去的岁月的痕迹，那脸竟显出了几许缤纷的狰狞。黄发间束了条玫红色尼龙丝发带，枯涩的头发随风飘舞。她大步流星地走，风带动起腰间那条粗糙的红布腰带，总觉得那地方缺了点什么——是一只腰鼓。她的身材是好的，细高匀称，但你无法与她对视，更感觉不到半点美感。她的形象与色彩对你就是种压迫，过目不忘。

不久，第二次见到她，同样的装束，远远看她快速走过来。每路过一家店铺，她都会走进去，停顿片刻，连学校的门房也不放过。这激起了我的好奇心。我无法了解真相，只能想象。她多半是进去交涉什么事情，或者打听某个人，她也许就住在附近，无意间失落了什么，或者有某种企图。但我能肯定，她一定遭到了拒绝，或者漠视。她以这种非常态面目与人打交道，只可能遭来同样非常态的反应，甚至是恐惧。我不能断知她的过去，只能假设这过去可能对她造成过与服饰色彩成正比的强烈破坏。她的浓艳不是寒冷中的温暖，而是一道抢眼的伤痕。

还有一幕，也叫我久久难以忘怀。

我曾经很反感路边随处可见的残疾乞丐。之所以反感是因为忍受不了他们所展示的生命的残破与生活的丑陋，更憎恶他们背后可能存在的某个"组织"。我那点可怜的同情心无处布施。可那天上午，我却亲眼看见了一个残疾乞丐在车流中过马路的情景——

他还是个孩子，大冷的天气上半身居然一丝不挂，只在手上戴了两只黑乎乎的手套，他将细软的腿背在背上，那手自然成了他的"腿"。他裸露的身体已经冻成了青紫色，却并不打哆嗦，也许是早已麻木的缘故。他睁着惊恐的眼，在路的一边等候了很久，他想到路的另一边去。瞅准了车流的空隙，他翻身下了马路牙子。但那孱弱的手臂毕竟比不上腿的强劲，刚"走"到一半，一辆电车过来了。看到他，车子似乎并没有减速，他必须赶在车子到来之前穿过马路去。

那一瞬，他的神情里竟有了一种大义凛然的无畏。他拼尽了全身的气力，尽可能地一边以最快速度划动双臂，一边推着装零钱的铁罐奋勇向前，那铁罐发出响亮的当当声擦过路面，为他的行进打着节奏。而他，就像洪流中一叶单薄的小舟，双臂便是桨，那么孤单，那么柔弱，却又那么勇猛。见着那一幕，我心里残存的憎恶还会有吗？代之以含泪的悲怆。

同样是过马路的情形，主角是一位老人。她有八十岁了吧，但一看，就知她仍在为自己的生计操劳。全白的头发蓬乱着，披一件老式的瞧不出颜色的棉袄，双手空着。那双手或许刚刚推过装破烂的小推车，在过去，可能刚刚给人家刷过马桶。她要过马路。她的耳朵似乎聋了，眼神也不好使，根本感觉不到靠近的车辆。而我却听到了司机粗鲁的骂声。那一瞬的确十分惊险，那车子几乎与她擦身而过，而她走路的姿态却让我难以忘却。她迈着大步，甩动双手，目不斜视，镇定不惊。那动作与她的年龄全然不相称，仿佛把生死置之度外了，又仿佛在向那些车辆挑衅。好像在说，到了这个份上，还怕死吗？

……

走在这条路上，记住的或许应该是衣香鬓影，是顶级名牌的魅惑，是那些随处可见的时尚悦目的美人儿。可那些，我都记得模糊，过目即忘。反是那些或许并不美的，却是长久地无法遗忘，仿佛已经渗入到生命的底子里去了。

J，我向你描述路上目睹的一幕幕，是我们所看到的世界。

世界是多面的，这些场景，只是世界的一个小小侧面，在光怪陆离背后，更有太多你无法理解的种种世相。

J，你或许也目睹过类似的场景。当你准备向一个可怜的乞丐施予爱心，却被人以"不要受骗"的理由阻止；当你奋发努力，求得学业上的精进，却被"名牌大学高材生投毒同窗"的新闻震惊；当你相信与追求公平，却往往不经意间因某桩事件怀疑公平与正义的力量……你会发出疑问：这个世界为何不可理喻？

你甚至疑惑，为什么连儿童的世界也无法保留纯真？

我朋友的女儿上小学一年级，她在作文里这样描述她的妈妈："我的妈妈是个三十岁出头的老女人……"朋友觉得很有趣，这么小的人说起了大人腔。她的女儿还教妈妈要精于算计，要管好你的财务以约束自己的男人，将来她要住高档房子、开宝马车。电视里出现让人尴尬的男女亲热镜头，父母如坐针毡，想把屏幕遮挡起来，谁想到小孩却落落大方，说："这有什么！我还不想看呢！"

小孩子说大人话，好像特别能愉悦大人，并为大人带来莫名的成就感——看，孩子被自己调教得多么"出挑"。

这个世界的确正在变得纷繁复杂，变幻无常。

　　J，我深知，当现代媒介越来越多地影响日常生活，做一个孩子，既是幸运，也是不幸。

　　幸运的是，你们的见识比你们的长辈要宽广得多；而不幸，也源于你们知道得太多。儿童世界里的秘密越来越少，你们几乎知道成人所知道的一切，换句话说，成人和儿童之间最根本的一个不同被逐渐淡化了。小孩子不单知道大人知道的信息，而且可能知道得更多。你们早早地接触到暴力甚至色情，体察到外面社会的凶险，对这个世界不再抱有玫瑰色的遐想，心中不再充满神秘与敬畏的感情。

　　而我们这一代人要比你们幸运得多，我和我的伙伴还清楚地记得，自己童年和少年时代对教师所抱有的朦胧的敬畏，对一切事物都怀有美好的猜想。我们的童年与少年虽然无知懵懂，但足够温暖与温情。而今，还有多少学生会敬畏自己的老师？

　　没有了秘密和敬畏的孩子会怎样呢？首先，羞耻的概念被冲淡了。但这不能怪罪于你们，因为这个社会已经不再提供产生羞耻感的环境。比方说，衣服是遮掩隐私部位的一种手段，如果我们把保密的手段剥夺了，那么我们也就剥夺了秘密。当维护色情、暴力等这些秘密的手段消失了，当这些秘密的细节变成了公

众的话语，可供每一个人检查和享用，与之相伴随的羞耻感也会消失。当成人没有阴暗与捉摸不定的谜需要瞒住儿童，然后以安全合适的方式向他们揭示，那么，孩子们便过早地进入了成年。

就像这样一个尴尬的例子：一对夫妻常年处于恶劣的争战中，而且他们的争吵与厮打从来不回避他们的儿子。于是，他们即将成人的儿子认为，所有人的婚姻都是这样的，充满了挣扎、狭隘、暴力，他对将来的爱情与婚姻充满了灰暗的恐惧。在某种意义上，他父母不加掩饰地将阴暗的一面暴露于自己的孩子面前，其实这是成人对儿童世界的一种伤害。

而这一切，根本还是缘于这男孩的父母羞耻心的丧失。羞耻感逐渐减退的话，行为举止的约束也相应降低了。拿语言礼仪来说，成人应该记得，在孩子面前不能使用某些粗俗肮脏的字，孩子反过来也不会在大人那里使用这些字。

J，你还阅读童话吗？你是否不屑地觉得，一个喜欢童话的人，有长不大之嫌？

然而，我却要说，一个人，他在人生的任何阶段都是需要童话的。

贝特尔海姆在《童话的用处》中说，童话的意义在于，能够以儿童容易接受的方式揭露现实生活中存在的邪恶，并且融会贯通，使儿童不受创伤。其实，保密与"粉饰"并不等同于虚伪，而是为了给孩子提供健康、有序的成长环境。

J，假如你认为这个世界无法理喻，首先是因为大人们出了毛病。

虽然信息侵入已经无法控制，但大人们能否尽力做到不让孩子了解凶杀、家庭暴力、抢劫谋杀呢？假如大人们已经无可挽救地丢失了羞耻心，为何不保护一下孩子尚未成型的世界免受侵害呢？当孩子们还没有提问，我们的成人世界就已经给了他们一大堆面目不同的答案，你们的心里还有好奇吗？还有憧憬吗？还有对未来人生的探知与向往吗？

怪不得，人们叹息：身边的儿童正在慢慢消失。因为，在孩子们有机会接触到成人秘密的同时，他们已经被无情地逐出了童年的乐园。

J，这不是你们的过错。

在了解这个世界的"不可理喻"时，你还需得了解人生的无常与"不可理喻"。

有一年，住在我家楼下的男人死了，死得让人惊惧。

中午和家人从外面回来，见楼梯口围了一大群人，人群中停着辆警车。路过的人带着惶恐的表情传播着一条消息：W死了，是暴亡。有人说，早晨还见着他牵着狗遛弯，还好好的，不知怎的，就……W的尸体就在他的屋子里，不知是谁发现了，找了人来。他的院子里，鸟笼里的画眉还在欢唱，天气不错，湿润而凉爽。可是，那个壮年的男人居然死了。

W活着的时候，让人又恨又怕，倒不是因为凶蛮，而是因为他的邋遢已经影响了四邻。院子里养了条狼狗，从不打扫，屎尿横流，到了夏季，恶臭熏天。门口的绿地上堆满了他从家里扔出来的破烂：烂门板、箩筐、破沙发、锈蚀的三轮车，坚决不让人碰。社区里的人来干涉，W吹胡子瞪眼，做拼命状。于是，别人只得往后退了。W的老婆很早就跟人跑了，女儿和他住了一阵，也走了。剩下W一个人，寂寞难耐时，W就唱歌。W的音响震耳欲聋，每到休息日，俗媚的流行音乐声几乎挤破邻居的门板。但没有人敢出来说一句。

可是现在，W 居然死了。这一天晚上，因为远道而来的亲戚要守灵，W 的尸体在家停放了一夜。这一夜，我竟彻夜难眠。倒不是因为悲哀，或是其他，而是因为一种十分逼真的虚假感，以及恐惧。

你终于相信，一些原以为不可能的事情会在一瞬间发生，世界就在一刹那倾斜。在此之前，你只会认为 W 将永远张狂却孤独地活着，到老，到死。

后来，又听到一则确切的传闻。一家颇有名气的连锁面店的老板突然亡故，老板的名字似乎天生就是个风雅的店名。他的店卓尔不群，不但面做得地道，而且环境典雅，丝竹环绕。他不但把生意做遍了上海，还把南方人的精致和美味做到了北京。就在他事业如日中天之时，一场疾病轻易地夺去了他的性命。

经营北京分店的是他的至交，听说老友病亡，立马亲自驾车，不远千里前来奔丧。不曾想，就在驾车回京的途中，竟遭遇车祸，命赴黄泉。不知那位至交可曾有过不祥的预感，有人说，人在横祸之前，往往会有某种征兆，但是，在横祸发生之前，没有人相信会有意外。

有一回，在车上和出租司机闲聊，那司机说，几乎每次重大车祸发生前，都会有种种蹊跷。比如跑了一天的车，已经在路边洗车，准备下班了。这时候，偏偏有个人过来，要你再跑一趟，而且是长途。你已经很累了，家人正等你吃晚饭，有些不情愿，可是眼前的美差又不忍放弃，咬咬牙，走吧。偏偏就在路上，出了车祸，而且不是一般的车祸。

在很多时候，都是没有"意外"的。遭遇了一些事情以后，才会慢慢觉得，这个世界上，任何事情都可能发生，任何人都可以不按常理出牌。

J，这就是人生的无常与"不可理喻"。

J，有些人悲观，往往是因为站在这一头，以为生活会按如今既有的样子发展下去，贫穷的依然贫穷，得志的永远得志，不能相守的将永不得相守。我们总是以为，生活的今天就是它的永远。

有些人乐观，往往是因为以为一切的曾经就是未来生活的模式，幸福中的人从来不会有勇气想象人生的艰险。这样的人，最容易被"意外"击垮。

J，想清楚了这些，你才有足够的勇气和定力和这个世界共处。是的，你是需要和这个世界和解与共处的，因为你无法生活在真空，你必须守定一些内心的坚持，然后以"面对复杂，心怀欢喜"的姿态去迎接这个世界。

常听人说，"我一辈子都无法获得幸福了"，"我永世都不能出头了"，"我们会永远地相爱下去"。这些话可以改成，"我总有一天会获得幸福"，"我出头的日子指日可待"，"我们现在很相爱，但不能保证将来"。这样，或许更符合生活的规律。

什么时候把"意外"二字从字典里剔除出去？如果有那一天，每个人才会真正地平静和幸福了。

J，我曾疑惑，对你讲述这些，是否过于沉重，也过早了？

"面对复杂，心怀欢喜"，是一个人历经世事，大彻大悟修成的境界，怎可要求一个孩子去做到？但我总以为，当你刚刚开始人生之路时，如果有一个人告诉你，这样的境界会让你获得真正的心灵的

安宁,总比你历经世事,靠着自己单薄的力量去体悟要幸运得多。

　　J,你在长大的路上，一定会经历很多的惶惑，一定会有绝望、失败、挣扎，而对抗种种黑暗的，是一颗明亮的心。守定了这颗心，你才会拥有力量披荆斩棘，一边与黑暗争斗，一边发现着黑暗中的美好。我很愿意与你探讨，怎样去获得明亮的心，怎样让自己的心照亮周遭的黑暗。

　　J,等我继续给你写信。

第七封信

沟通的力量

即便身困「孤岛」，你依然要做一个主动求助的人，在孤岛上燃起篝火，让巡逻的人发现你，你要努力寻找靠泊在岸边的渡船，依靠摆渡人的力量，引渡你到达彼岸。

纪念日

你的生日

是用青春的璎珞

编织起的日子

你的生日

是用烛光贺卡以及

叮叮当当的礼物

点缀着的日子

你的生日里

温馨的祝福赞语

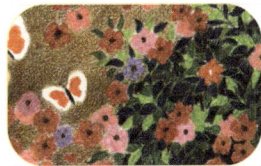

潮水般地涌来

你的生日

让你变成注目的焦点

然而　你是否知道

你的诞生日

也是母亲的受难日

那一天，分娩的母亲

竭尽几乎全部的生命

换来你的第一声啼哭

你小小的身躯里

吸引了多少爱与关怀

你绚丽的生日
从此就成为欢乐之源
母亲早已忘记了苦痛
在"生日快乐"的祝福中
她微笑着注视你
那是人间最温暖陶醉的目光

你带着这些目光
走进粉红色的花季
你拥有春天拥有生命
却开始怀疑
父母亲善意的叮咛
你盼望成长梦想独立
这是你年轻的心里
飞出的热望
然而你可曾记得
你的成长路上镌刻着
父母多少爱和辛苦

请记住，你的生日

不仅属于你自己

还属于所有爱你的人

属于户外的每一株小草

每一朵白云

把鲜花捧给你的母亲吧

把一份感激一份感悟

虔诚地写进你的生日

这个无私而宽容的纪念日

写于 1990 年代中期

亲爱的 J：

我想给你讲三个故事，它们分别发生在母女和父女之间。

F 是一位成功的心理学家，几年前，她学习优异的女儿考取了德国公费留学。有一家排名世界 500 强的公司不但支付了她三年的留学费用，而且担保她毕业后在该公司的职位。

女儿走了，F 开始焦灼地盼望平安电话。一天过去，两天过去，整整一个月，女儿那边杳无音讯。但是，女儿这边厢冷落了 F，那边厢却与父亲保持着热线联系。

向来"刀枪不入"的 F 开始失眠，夜半醒来，听窗外风声呜咽，才有了切肤的痛楚与哀伤。她明白，这是女儿在向她讨还这十年来累积的情感债。女儿倔强果断，像她。她一定知道，要惩罚她的母亲，一万次的泣泪痛诉，都抵不过这万里之外的沉默。

十年前，F 为了摆脱窒息无爱的窠臼，毅然搬了出去。她和丈夫达成无字协议，为了老人和孩子，可以不撕毁婚约，直至老人西去，女儿成人。这十年，她脱胎换骨，身心的自由换来的是著作等身、事业成就。她拥有了曾经梦想的一切：爱情、事业、自由。

但她从来没有忘记一个母亲的责任，除了每周数次的探望，她所有的稿酬都悉数寄给丈夫、女儿，承担起这个家主要的经济重担。而作为母亲和妻子的形式上的角色，却在这个家里缺失了。

很多年前，我曾去过 F 的家。F 每周一次例行回家，探望女儿。那天，我与 F 和她女儿共处一室，心里纳闷那个小小的女孩儿怎会如此冷漠与无礼。那时候，她的女儿还是个小学生。F 让女儿招呼我，那小姑娘顾自玩她的鱼竿，如风过耳；F 又与她闲聊，她仍是漠然的样子，头也不抬，面无表情。那时，我对 F 的生活状况尚不知情，想不通身为心理学家的 F 怎么会

调教出这么一个另类女儿？

直到后来，当了解了 F 的生活状况，我恍然，那个小姑娘的言行实属自然。年幼力弱，无法反抗，只能以无礼来表达愤懑了。

在 F，她这个母亲当得好辛苦。年复一年承受女儿的冷脸，耐心等她长大，不变一颗做母亲的火热的心。

在她的女儿，内心的不满无处排遣，独自承受内心的压力，在变异家庭里苦度她的成长期。不但要顽强，还要出色（这点倒是像极了她的母亲）。

十年，女儿成人，老人故去，F 与丈夫才正式离婚。漫漫十年，F 承受了，也得偿了人生的梦想。她有的是胆识。结婚或离婚，需要胆识；输赢未卜时，更需要胆识。那么 F 是赢还是输呢？

也许，将来为人母的女儿会自然体会当年母亲的难与纠缠，冰释前嫌；也许，倔强的女儿永不能原谅母亲看似自私的离弃，母女交恶。但 F 聊以自慰的是，假如没有十年前的振翅一飞，如今她恐怕还是那个瑟缩不前眼光短浅的平庸女人；假如没有十年前的振翅一飞，便不可能让他们父女生活得更好。

尽管这么想，对女儿万里之外的冷漠，F 仍然难以释怀。F 再怎样超凡脱俗，最终还是一个母亲。这世界上的付出与得到，永远都不可能精确计量。而 F 的女儿，是否能在成年后，原谅和理解她的母亲呢？

J，你怎样看待 F 和她的女儿？如果你是 F 的女儿，也会用抱怨与仇恨去回报你的母亲吗？

关于 F 和她的女儿，我们暂缓探讨。J，我想再给你讲第二个故事。

这个故事依然来自于一对母女。

安琪很小的时候，我见过她。我十六岁那年，她六岁，扎着朝天辫，眼睛出奇的大。她的父母领着她来我家，她总是牵着父亲的衣角，和母亲却有些疏远。饭后，他的父亲拉着我和她拍了一张合影，照片上的安琪仰着脸，一副执拗的模样。

我们两家的来往并不频繁，很多年没见安琪。又过了一些年，见到安琪的母亲，她是来找我母亲诉苦的，说是离了婚，孩子先是判给了父亲，后来父亲再婚了，她又要回了女儿的抚养权。那年，安琪刚好小学毕业。

安琪的母亲四十出头，风韵犹存。离异并未让安琪的母亲感到多少惆怅，倒是安琪，却让做母亲的一筹莫展。"你能想象吗？妈妈住了一个月的医院，女儿竟然连面都不露一下。"她的母亲寒心地说。

　　其实，我后来得知，那个下午，安琪特意买了一束康乃馨，好不容易说服自己，走进了医院的大门。父母分开，安琪觉得责任在妈妈。若不是她那么贪玩，爸爸会和她争吵吗？那天，妈妈酸溜溜地问她新妈妈好不好，安琪声音清脆地回答："好，比你还好！"她看见妈妈眼睛里腾起了一层薄薄的雾，她马上别过脸，拿腔拿调地唱："城里的月光把梦照亮……"

　　妈妈住院一个星期了，她终于想起该去看看妈妈。她在病房外踟蹰了一下，一眼看见坐在妈妈病床边的启轩叔叔。安琪见过启轩叔叔，他是妈妈的同事，几年前刚刚大学毕业，长得清清瘦瘦的。

　　午后的阳光潮水般的涌进病房，妈妈的手伸在被子外面，脸苍白着，像一张轻薄的白纸。启轩叔叔端起一只冒着热气的密胺饭盒，递到妈妈手里，自己拿起一只苹果，熟练地削起皮来。妈妈没有动，只是怔怔地望着启轩叔叔。

　　妈妈眼睛里的东西，安琪懂。

　　她别转身，头也不回地跑了。

　　安琪说，这一幕，妈妈永远都不会知道，永远。

上高中那年，安琪的妈妈和启轩叔叔住在了一起。

那时，妈妈有了一套宽敞的房子，安琪有了属于自己的房间。他们没有结婚，只是同居而已。安琪的母亲说安琪没有任何想法，因为启轩替她补习功课，还带她出去玩。安琪的确什么表示都没有，她每天上学放学，一进家门就把自己关在小房间里，一直到妈妈叫吃饭了才开门。如果早回家了，就趁他们不在的时候，唱唱卡拉 OK，家里的那只音箱是三流货，声音单调得很，但安琪唱得很动情，很投入。有时，她故意唱得歇斯底里，“你是我的姐妹，你是我的 BABY ～～哦吔……”

吃晚饭的时候，妈妈问她：“测验成绩下来了没有？”

安琪低着头：“没有。”

妈妈又问：“最近学校里有什么事吗？”

“没有。”

“听说你们马上要数学抽样考了？”

“没有，我都没听说，你怎么知道！”

妈妈恼了，啪地放下筷子。

启轩叔叔立刻将话题岔开去，妈妈的脸色这才好看些。

安琪并不讨厌启轩叔叔，有的时候，他更像一个大哥哥，说起歌星或者学校里的事情，他们会有些共鸣。她只是不喜欢启轩叔叔的忆苦思甜，他总说，我们那时在农村啊……他从小在农村长大，高考的分数超过重点录取分数线40多分，却进了一所大专。

每到休息日，妈妈和启轩叔叔都是在外面过的，不是去看电影，就是去郊游。安琪都说她不想去，她想妈妈一定也不希望她去，三个人走在一起，既不像三口之家，也不像……多别扭啊。他们筋疲力尽地回来，安琪从来不问。

见到安琪不理不睬的样子，妈妈急了："安琪，你是我的女儿还是我的仇人，好像前世结了怨了。"

安琪不答。

有一次，我去她家吃饭，她的母亲让我千万跟安琪谈谈。"这孩子从来不跟我说心里话，你试试看呢？"

那时，我大约有十年没见安琪了，我想象我会见到一个桀骜不驯缺乏教养的丫头。她的母亲早在我们面前描摹了安琪的形象，喜欢顶撞，懒惰，不谙事理。我揣摩，在安琪和她母亲僵持的关系上，她的母亲是有责任的。一个畸形家庭里长大的孩子，心灵像风干的叶子，一触即碎。

我没想到我见到的是一个表情明朗的女孩，眼睛还是大得出奇，话不多，也不害羞，有礼貌地招呼人。

我们一见如故，还在一起唱了歌。安琪闭着眼睛，迷醉的样子，像是很能体会歌词的内涵。我问："以前，一个人在家唱歌觉得有意思吗？"

安琪的眼睛盯着屏幕说："寂寞呗，寂寞的时候就想唱歌。"

房间里只有我们两个人，安琪似乎并没有和我交谈的意思，只是一支接一支地唱下去。

音乐间隙，我冷不丁地问她："你对你的生活状态满意吗？"

安琪的脸上滑过一丝犹疑，说："好，很好。"

我再也无话可说。

"其实，我什么都明白，"安琪说，像是在自言自语，"妈妈的手很凉，长大以后我很少牵妈妈的手，但我记得，小时候，妈妈摸我的脸，她的手总是很凉。我看见，启轩叔叔常常握住妈妈的手，他的手很大，他说，手凉的人是热心人。我怎么就不觉得呢？"她的脸上没有眼泪。

安琪说完，又开始唱起来，是范晓萱的《自言自语》：天是灰色的，雨是透明的，心是灰色的，我是透明的……

安琪忘情地唱着，我看着她，心里很悲哀，我不知道，谁还能走到她的心里……

J，现在，请你听我讲第三个故事。是一个女儿和她父亲的故事。

妈妈在女孩五岁那年死了。

但五岁的女孩无论如何不相信妈妈是死了。直到亲眼看见妈妈躺在灵柩里，身边围簇着百合花丛，满眼身着缟素的叔叔阿姨……她才不得不承认：妈妈永远地睡着了，打针吃药都不会管用了。

七年过去了。

她十二岁时回想五岁的情景，一切都那么清晰可感。她甚至记得自己曾经用手去抚摸过那个透明的盒子，冰凉滑腻的感觉依然留在指尖。她还记得，她和爸爸从殡仪馆出来，在车上，爸爸的嘴角一直在抽搐，他突然用力地拍了一下车座，骂道：你妈妈是个笨蛋，她骑车怎么这么不小心，居然能骑到卡车轮子底下去！

妈妈不是笨蛋，她不是故意的！——她声嘶力竭地为妈妈辩护。就在这一刻，她才绝望地相信，妈妈的确是死了，再也不会回来。

　　五岁以后，她的生活里便失去了妈妈香喷喷的味道，只剩下了爸爸淡淡的烟草味。爸爸，和她紧紧地联系在了一起。还好，她一直拥有爸爸的疼爱。爸爸给她唱催眠曲，扎辫子，缝纽扣，买布娃娃，做好吃的，牵着她的手去上学……凡是一个妈妈能做的，爸爸都做到了。

　　一直到她十二岁。

　　十二岁那年，爸爸终于有了新的婚姻。继母比爸爸小十五岁，比她大十五岁。继母还是个姑娘，扎麻花辫，举手投足都带有孩子气。她甚至坐在丈夫腿上撒娇。女孩默默地观看着父亲和继母的生活。

　　自从继母来了，女孩仿佛一夜之间长大，再也不向爸爸撒娇。继母对她还是和善的，给她买衣服，买漂亮的发带，也为她梳辫子，但是，继母的手还不如爸爸的巧，时常将她的头发揪得生疼。继母不会做饭，因此，爸爸要照顾两个女儿。

　　似乎相安无事。日久，女孩觉出了隐隐的危机。爸爸被继母用看不见的绳子拴住了手脚，也拴住了心。有些事情，会让继母不高兴，比如爸爸抽烟，爸爸晚归，爸爸交继母不喜欢的朋友……甚至……爸爸对她表现出父女间的亲昵。一般情形下，继母都会说出让她不高兴的理由，唯有最后一种，继母从未提过，或许是难以启齿吧。但女孩心里却清楚地知道。只有她知道。

她想，爸爸需要一个完整的家，需要安宁的日子。她不喜欢爸爸重新陷入孤独，只因为有她的存在。同时，她还要安抚继母。安抚继母最好的方式，就是她与父亲的疏离，不再与继母分享爸爸的爱。

J，你是否能想象，青涩的青春本已缭乱，还要承受如此沉重的爱与压抑。女孩需要一颗怎样坚强的心才能承受？

她拒绝父爱，以执拗的反抗来表达内心对爸爸隐忍的关心。她与爸爸争执、吵闹，发展到冷漠、麻木。她闭锁自己，看起来脆弱、神经质。但无论如何，她的学习成绩总是优秀。这是她能给爸爸的唯一安慰。还好，她做这一切，可以有"叛逆青春"的名目护佑。爸爸看着她一日日乖张陌生，试图弥合父女之间的裂缝，但父亲所做一切都是徒劳。曾经亲密无间的女儿，与他渐行渐远。

似乎正因此，爸爸和继母之间的感情却日臻紧密，继母与她亦相安无事，她是这个家的另类。但她时常有稚气的感伤，并因伤感而回忆起童年和爸爸有关的往事。不过，这一切，她都忍住了。

十八岁，她高中毕业，考取了澳大利亚的大学。临走前一天，她要求和爸爸单独做一次长谈。就在那一刻，她感觉自己抽紧的身心终于可以舒展，并且有了尽情一恸的冲动。面对爸爸，她泪如泉涌，用双手捂住面颊，断断续续说出她闷在心里很久的话："其实……你一直是我最爱的爸爸，一分钟都没有改变过。明天我要离开你们了，我终于可以说出来……"原以为自己足够坚强，但最终还是免不了在最后的分别时刻，希望得到爸爸的理解。

爸爸错愕地看着她，什么也不说，泪水长流……

J，三个故事，围绕着一个词：沟通，或者说，两代人沟通的障碍。因为各种各样的原因，使得原本应该亲密无间的两代人之间，形同最熟悉的陌生人。有时候，我们会失望地意识到，最应该知晓你心事的亲人，却往往是最不了解你的人。你宁愿和朋友倾吐，也不愿向亲人袒露心事。其中缘由复杂，或因爱设障，怕亲人为你担忧而隐瞒心事；或因亲人之间的话题仅限生活琐事，不习惯进行精神层面的探讨；最可悲的是，亲人之间虽朝夕相处，彼此却是身处两个世界的人。

沟通的前提是，设身处地地理解对方。可是J，对于身为儿子或者女儿的你们，却难以体会父母的心思。正如很多父母，当他们成年后，早已淡忘了自己的年少时光，面对儿女的种种乖戾举动，他们手足无措——其实，为人父母更是一件需要学习的事情。

不幸的是，很多父母和子女，在沟通还没有开始前，就把沟通的欲望取消了。当青春的潮水汹涌而来，孩子们似乎拥有了一种本能，他们把自己困在潮水中央的孤岛上，拒绝求援，任凭潮起潮涌，风云翻滚。仿佛，这才是青春该有的姿态。

难道，沟通是如此之难？

在探讨问题的答案前，我想先和你讲讲我和日记的故事。

J，我也曾经是那个困在"孤岛"上的孩子。

我从小学二年级起开始写日记，那时候的日记仅仅用以熟悉学过的生字，复述一天的经历。九岁的我是怀着强烈的自豪感写日记的，印象最深的是那篇，写一部叫《金沙江畔》的影片的剧情，我的稚嫩而工整的铅笔字填满了整整两页纸，并且运用了自以为华丽的字眼，诸如"得意洋洋"、"怒火中烧"之类。我欣喜地将每篇日记捧给妈妈看，换来妈妈温情的抚摸和赞美。妈妈是我日记的第一读者，也是不可或缺的读者。那时，我还不懂得什么是真正的日记，我用水彩笔画了各式图案装点日记本，绞尽脑汁回忆学过的词语，用在每天的日记里，还借助日记回味一天中得到的奖赏，借此获得一点心灵的慰藉。日记，成了小学时代的我炫耀成功、卖弄文藻的最佳形式。

因为日记，我成为语文老师表彰的学习典范；因为日记，我逐渐对文学产生了浓厚的兴趣；也因为日记，父母对我的心灵检阅有了依仗的凭借；更因为日记，当我一天天长大，我便在潜移默化中学会了忍耐、克制，掩藏自己的情绪和好恶。这一切，全都是因了我的日记是一本公开的作文簿。

J，你一定不屑地笑了：怎么可以这样写日记，如此这般，日记还有存在的价值吗？

你说得不错，随着年龄的增长，我意识到自己的日记出了问题。渐渐，我写日记的心态由乐此不疲变为敷衍踌躇。这种微妙的情绪变化是从何时开始的呢？当我心里有了第一个秘密而羞于对人言说；当我意识到自己是个成长的人，应该有独立的思考和评判……我不再乐颠颠地把日记主动捧到妈妈面前，而是将它悄悄地藏匿到了抽屉的深处。

我与日记的对立情绪始于五年级时的一次不快。那是一场和爸爸之间的小小冲突，我满腹委屈无处诉说，于是在当天的日记里把爸爸大大丑化了一番，借以泄愤。这完全是一种孩子气的发泄，写完了，心理得到了平衡。然而我忘了，我的日记是公开的秘密。

很快，我就得到了报应。日记本被摊到了饭桌上，我出于无奈撕去了那招来麻烦的两页纸，并遵从父母的意思，以一篇检讨式的日记作补偿。

这是一个浮躁难挨的休息天的黄昏，我趴在桌上努力以虔诚的心情写那份检讨，为我的不敬和鲁莽。一只硕大的绿头苍蝇在窗纱上时停时飞，它的"嗡嗡"声搅得我越发心神不宁，内心的自责渐渐地化作了不可名状的懊恼，像一条不安分的毛毛虫在我心里蠕动、噬咬。万分痛苦地写完最后一个字后，我暗暗发誓：从此，我将把日记当作一副假面具，一面光亮无瑕的镜子。

上了初中，我仍旧写日记。那段时间，我保持了一种强烈的好胜心和求知欲。学业，成为日记的唯一主题。这是一个光明磊落的主题，无需遮掩，无需矫饰，尽可以放心大胆地满足妈妈的好奇心，当然那好奇全然出于对我的真诚的关切。我太理解妈妈的舐犊深情了，于是，我的抽屉不再上锁，我把淡蓝色封面的日记本放在了抽屉的显眼处。在那本子的扉页上，我题写了自勉的格言；日记的第一页是我在新学期的雄图大志；我用理性而热情的笔调记述自己的学习状态以及个人修养上的小节。

J，这样的日记是你似曾相识的吗？你是不是为了应付，也写过这样的日记？

初中时代，是我生命中最最单纯、情绪最最高涨的三年，这三年好像是一段温婉平和的溪流，缓缓地淌过记忆的河床。但是，我要说，人的心情是一种多么复杂多么诡异多么善变的东西，尤其是成长中的人的心情，犹如海潮时退时涨，要么波澜壮阔，要么静如止水。我明白这是一种心灵的潮汐，它在我十六岁的花季里不期而至。

那时，常常会有几缕难以排遣的忧郁和莫可名状的惶恐不安，夹带着模模糊糊的向往和虚妄的精神寄托。十六岁的花季是一幅色彩斑驳、明暗相间的油画。我再一次对日记怀有了依恋之情，不是出于自赏，也不是为了自励，而是因为孤独，渴望倾诉。我苦苦地寻觅着这样一位朋友：她很耐心，可以安静而专注地听你无止境地唠叨；她很宽容，你可以尽情发泄不满和委屈；她很可靠，决不会泄露你的秘密和难堪。"她"，便是日记。

　　那时，我曾经怀着朦胧的向往喜欢过初中时的班主任，一位端庄、平和、充满魅力的中年女老师，她姓苑。这种喜欢超乎寻常的浓烈，有着初恋般的激情和眩晕。我以为，没有第二个女孩子会对一位中年女性产生如此微妙而复杂的感情。我既为它的纯洁而庆幸，又为它的不同寻常而倍感羞涩。上高一的第一年，我总是不由自主地在人群中寻找苑老师的身影，为与她短短的相视一笑而激动万分；我尽力在脑海中搜寻苑老师每一句温馨的话语，怀着温柔的心情欣赏她优雅的举止；我在日记里，用优美的笔调描述对苑老师的每一丝心灵触动，真切到可以看清她血脉的跳动。我时常把一片泛带绿意的叶子，或轻如羽纱的花瓣夹进日记本，让纸页间泻满大自然的芳香，让真实而蓬勃的气息在字里行间流动。悄悄地，我把日记本锁进了抽屉的最深处，连同我对苑老师的奇异感情和青春期的心灵动荡。我无法想象，一旦它暴露人前，我将如何承受别人的目光。

然而，这一天终究来了。有一天，当我在灯下如往常一样翻开那个厚厚的日记本，我意外地触到了纸页上一圈凹凸的皱褶，它呈菊花状散开，这种形状令我联想起妈妈翻阅它的姿势。我大叫一声，从椅子上跃起，拿着日记本冲到妈妈面前。我的样子一定很可怖，因为我从妈妈的脸上读到了自己愤怒的神情。平日，在妈妈面前，我是一个多么温顺、听话的乖女儿，而此刻，我忘却了节制、忘却了忍耐，我只知道自己犹如被剥去了外衣赤裸裸地站在人前。我攥着日记本，撕扯它、蹂躏它，将它扔到妈妈的跟前。眼泪无声地滴下，情绪低落到极点。妈妈拼命地拉住我，我忘不了她惊异而失望的眼神……这是我记忆中最觉耻辱又最畅快的一个晚上。

在一番泄愤之后，我看着脚下那堆支离破碎的纸张，突然有了一种从未有过的放松和清醒。日记的再次公开，宣告了我朦朦胧胧、如痴如醉的花季岁月的结束。或许，它来得早了点，但是，真正的成长却是从这样的阵痛开始的。

以后，有很长一段时间，我不写日记。直到上了大学，我才抱着练笔的目的断断续续地写过几篇。但是很快，我又对此失去了兴趣，因为我在日记里剖析自己，把每一天记录得清楚而明白，我不能承受的是对自己看得过于清晰，那是一种残忍。至此，我仍未找到自己究竟需要怎样的生活形态。我在迷茫中找寻，也许冥冥中注定了我将不断找寻。于是，我将记录着成长历程的厚厚薄薄的日记本放进了箱子的最底层。

我的最后一个日记本只写了开头的几页，留下了厚厚的空白，它有着玫瑰色的缎绒封面，那是容易使人做梦的颜色。只是从此，我却告别了日记。那时候，我想，也许有一天，我还会重新拾起它，那是我真正成熟的时候，那时的我将会懂得日记的真谛，会以健康和理性的心态来对待它。

J，多少年过去了，我依然没有重拾写日记的习惯。偶或记录，也只是记下流水日常，至多作备忘之用。

J，这便是我和日记的故事。

回望自己的成长，我和大多数的孩子一样，在成长的最初，就将沟通的欲望消除了。相比沟通，似乎更愿意倾诉和发泄。正如我在日记里发泄对爸爸发脾气的不满。原本，日记可以起到桥梁的作用，父母看到我的不满，或许应该自省：他们的教育方式是否过于武断了——但他们没有，我的这番倾诉和发泄的结果是，父母以他们的权威迫使子女妥协——我只能以一篇检讨式的日记"投降"。

这当然不是一种好的沟通方式。因为父母无法放下身段，他们并不习惯以平等的方式与子女沟通。而一向处在被动位置的子女，一旦矛盾发生，理所当然甘拜下风。在无人可诉的青春时光，自然而然会选择将心事统统倾诉于日记本。然而，日记本也是不可靠的。它不仅只是一个接收心事的单向通道，无法提供反馈与帮助，更加叫人揪心的是，它还会出卖主人的秘密——一旦被窥探心事者发现，它就是大白于天下的"罪证"。你从日记那里一无所获。

所以，J，从这个意义上说，身为少年的你，在寻求沟通的道路上，多半是处于弱势的，是孤独无所依傍的。

走过与日记纠缠的时光，当我开始寻求青春的答案，并且也有能力为年少的孩子提供帮助以后，我清楚地意识到，作为少年的你，一定要懂得"自救"——即便身困"孤岛"，你依然要做一个主动求助的人，在孤岛上燃起篝火，让巡逻的人发现你，你要努力寻找靠泊在岸边的渡船，依靠摆渡人的力量，引渡你到达彼岸。

那么，能引渡你的力量有哪些呢？首先，便是沟通。而人与人之间的敞开心灵，本身就是看不见的桥。

沟通的对象，排在第一位的是自己的父母、长辈。要相信，这个世界上，没有人会比你的家人更加爱你，哪怕他们是以你不愿意接受的方式，他们的根本动因出于对你的爱。明白这一点，你或许就不会再对父母的言行心生怨怼，压住敌对心，心平气和地说出你的想法，这才是聪明的办法。

在第一个故事里，F 的女儿无法理解母亲的"出走"，金钱和物质无法弥补女儿对母爱与家庭完整的需要，她以对母亲的沉默和冷淡表达反抗。F 与女儿的沟通，在女儿的成长期始终未能达成。难得的是，无论女儿如何抗拒，F 仍旧源源不断地以各种形式表达母爱，以及她对家庭的责任。J，你会发现，语言不是沟通的唯一途径，比语言更加可靠的，其实是行动。F 的表达执拗而坚持，她每周看望女儿，提供她一切生活所需，即便女儿不理睬，她仍旧执著地和女儿讲话。F 始终无怨无悔。很多年以后，女儿恋爱了，成立了自己的家庭，直到那时，女儿才和 F 达成和解——那是因为，恋爱的女儿真正理解了母亲当年的出走——没有爱的婚姻是桎梏，母亲当年的出走情有可原。而当年还是女孩的女儿，没有能力说出自己对母亲的不解，即便说了，也未必能理解母亲的解释——人情世事，往往需要自身的阅历才能有切身体会。因此，F 和女儿的沟通，注定是磕磕绊绊，是漫长的。好在，有亲情在，花再长的时间也等得起。

第二个故事里，女儿和母亲的隔阂可能将永远存在。一方不愿说出爱的需要，另一方忽略了爱的赠与。在这个故事中，占据主动方的应该是母亲，但母亲意识不到女儿爱的需要。

第三个故事里，父亲和女儿终将达成和解与沟通，因为，即便冷淡与疏离，也是缘于为爱而牺牲。女儿冷漠克制的外表下，深藏爱的潜流。父亲一旦了然，将会给予女儿更多的爱的补偿。而女儿在出国前和父亲的最后一次谈话，本身已经达成了最好的沟通，在一番充满爱的言语之下，所有横亘在父女间的冰山瞬间融解。

J，在爱的前提下，沟通具有化解冰山的巨大力量，不仅来

自言语，更来自时间与行动。沟通不是瞬间发生的，它还需要耐心。不要轻易下判断，不要武断地误解父母的用意，在相信他们爱你的基础上，先撤除心灵的屏障，打开心扉，说出心里话，心平静气地，让父母了解你的心事和愿望，也学会倾听和理解父母的想法。

J，大多数人的问题不是缺少爱，而是不能表达、沟通他们的爱。我们的父母长辈或许和我们面临同样的问题。

如果你还爱你的父母，那么，请邀请你的父母来和你一起做下面的功课：

当你的父母向你祝贺"生日快乐"的时候，也向他们表达你对他们养育之恩的感激之情。父母照顾你的饮食起居，一切以你为中心，也许，你还从来没有说过一声"谢谢"。

学会跟父母说：我爱你们。当然，含蓄的父母，也要鼓起勇气对自己的孩子说：我爱你。

当你和父母的关系发生问题的时候，告诉自己：我们是能沟通的。养成和父母聊天的习惯，说说学校里的事和你感兴趣的事，也听听父母最近在关心什么。

分享和沟通的内容，还包括你的希望、恐惧和难题。

如果你把所有的想法都锁在内心里，你会感到压抑和沮丧，那些跟你亲近的朋友们也无法适时地给予你帮助、同情或支持。要做那个在孤岛上主动求援的人，如果引渡你的船还未抵达，不如先动手为自己造一叶小舟，引渡自己。

当你打开心扉，当你对父母或者信任的朋友说出你的问题，你会发现，每一个问题都会带来一份礼物，那会使你的人生丰盈起来。不要担心求助会让自己显得傻气，或担心别人会拒绝你。

在问题刚刚萌芽的时候，就主动去寻求解决。一旦气愤和怨恨被累积，人与人的屏障会越来越厚，难以铲除（犹如第二个故事里的母女）。如果你学着去沟通，委屈可以在还不严重的时候，就被处理掉了。

J，其实，每个人都是脆弱的，你求助的人可能和你一样有着自己的问题。或许，你的问题不能立刻得到解决，但一定会或多或少得到纾解。

我听过一个故事：有一个人迷失在森林里，虽然他试过好多条路，每次都希望能走出森林，可是每次他都回到原处。那儿还有许多路径等着他去试，可是他又累又饿，只好坐在地上思索：下一步该走哪条路。就在他想着的时候，另外一个旅人走向他，他对着逐渐走近的旅人喊道："你可以帮我忙吗？我迷路了。"那个旅人看起来像是松了一口气，说："我也迷路了。"于是，他们就把自己的经验和彼此分享，情况就越来越清楚了，他们都各自尝试了不同的路，所以互相帮忙使对方不需再重复错误的道路。他们交谈着，笑了起来，忘了疲累也忘了饥饿，最后，两人一起走出森林。

J，成长就像森林，每个人都会迷失或疑虑，而如果能够分享彼此的经验和感觉，我们就会觉得人生旅程没有那么糟，有时我们还能找到更好的道路，更好的方式。

尝试沟通，一定比你困在孤岛上的感觉强一百倍。

好了，J，现在请你做一道测试题，然后问自己：是否已经做好了沟通的准备——

如果你将要死去了，而你只可以打一个电话，你会希望打给谁？你会说什么？

不断敞开的未来：没有绝望

当你用新鲜的目光去打量这个世界，你会发现这个世界也是新鲜的，它会向你不断敞开，这个世界没有绝望——因为开启幸福的钥匙正掌握在你手中。

有太阳的日子

在有太阳的日子
该到郊外去走走
牵起伙伴的手
走过被春雨滋润的田埂
你的心会像树梢的鸟
情不自禁放开歌喉

让新绿莹莹的小草
软软地亲吻你的脚背

你看到路边白色的小花
正调皮地抬起它们的头
你听见瑟瑟的树叶声
正和着你脚步的节奏

到郊外去走走吧
在有太阳的时候
让我们赤着脚携着手
踏着新绿，淌过清流

看太阳推开乌云
云在水中闲游

水在云中闲游

我们也在云水里闲游

在有太阳的日子

你的心还发什么愁

写于 1990 年代中期

亲爱的 J：

　　我第一次去美国旅行，是在 2002 年。那趟美国之行，十分的短暂和匆忙，只到了两处：东部的 LANCASTER 小镇和西部的洛杉矶。虽然行程短暂，却给了我意想不到的收获——我见识到了美国人的天真。

　　到 LANCASTER 的第一个晚上，东道主邀我们去一家日本餐馆参加他们业内的聚会。那家日本餐馆，其实是国内常见的那种，有铁板烧、寿司和酱汤。店主和店员大都是中国人。主厨的那位，居然从上海来。不用问，从眉眼都看得出来他是上海人，那说英语的软糯的腔调、含蓄地冲人笑的样子，分明写着上海人的标记。不过，我要说的不是这位上海厨子，而是他们做铁板烧的热热闹闹的方式。

　　一圈客人围坐着，厨师操着各式各样的家伙在当中表演。除了爆炒声，还有铲子们互相碰撞后弄出的快节奏的打击声，亮晃晃的铲子在半空中翻来翻去，冷不丁就有半颗大虾仁跳到你的嘴巴里。你得像幼儿园的小朋友那样，排排坐着，张大了嘴，去接那"空中飞弹"。若是缺少技术，你就可能被虾仁、鱿鱼淋得满

头满脸。我对面那位大牌杂志女编辑的头上就落满了熟虾仁，天女散花一般，滑稽得很。

在座的只有我们三个中国人，只听同伴小声嘀咕："要是把我弄成这样，我肯定会不高兴的。"你会不高兴，可老美们乐着呢。这种孩子气的把戏，已经把他们逗得乐不可支、兴致高涨，还一遍遍地向厨师要求："再来一个！"

在美国短短几天，还真遇到了不少童趣盎然的美国人。陪同我们的叶，来美十年，是一家跨国印刷集团的中层主管。问及叶在美国企业里的感受，叶说，和美国同事相处，有时候，你甚至会觉得他们的行为方式和逻辑如同一个孩子。

"孩子"意味着什么呢？意味着他们缺少某种既定的世俗的模式，意味着他们比较率性单纯和直接，意味着你可以轻松地和他们打交道，而不须背负什么因袭的负担……

闲聊时，我们正走在 SENTER　MONICAR　海滩上。栈桥上，除了卖旅游品的摊位，都是些稀奇古怪的街头艺人。一个杂耍摊位前被围得水泄不通，卖艺的是个华人，他正表演顶球和转球的节目。

招式很简单，就是先让球在左手食指上飞速地旋转，然后将旋转着的球移到右手食指上，或者一根棍子上。这把戏，没准随便点一个中国人都能来两下。那个中国人若是站在人群里，说不定还要不屑一番。可围观的男女老少的美国人，不但痴迷了，而且几近沸腾。他们真诚地鼓掌、喝彩，快乐被轻易地点燃了。站在人群里，不自觉地被他们孩童般的快乐感染，你还好意思不屑、好意思老气横秋地指点一番吗？

美国街头，时常可以看到带着天真表情的微笑的人。老年人的脸上没有暮气沉沉，中年人的脸上极少有颓败之色。一个个，好像都在兴致勃勃"往前冲"，于是，你会看到一个有趣的现象，美国的中老年人比年轻人更有风采。

在 UNIVERSAL　STUDIO 的旅游车上，我们身边的中年妇女从头至尾都在放声大笑。当车驶进黑黢黢的模拟地铁车站，当假鳄鱼在水面起起伏伏，当仿真洪水滔滔而来……那妇女禁不住地大声惊呼，然后又如梦方醒地开怀大笑，笑得一如孩子般灿烂，笑得上气不接下气，流出了眼泪。没有人会笑话她，她的笑声和惊呼让每个人感到快乐和松弛，于是，你也跟着大声地叫，大声地笑。

在那里，深沉是不合时宜的。如果你发现好莱坞特技 SHOW 里尽是你知道的玩意儿，比如风声、水声和脚步声是怎么鼓捣出来的，比如流血镜头是怎么拍的，你可千万别表现得不以为然。别人都在认真地倾听，在诚恳地笑。不管是大人还是小孩，他们真心地欣赏和感谢，感谢告诉他们不知道的东西。

在那里，深沉似乎是可耻的。你会为自己丢失了孩子的天真

和愉快而悔过。

我当时就在想，中国人也许真的是世界上最聪明的人，因为聪明，所以我们深刻，所以我们痛苦、疲累，所以我们过早地淡忘了童年。而美国人的幸运是，他们仿佛一生都在做孩子。

J，向你讲述这些见闻，是因为我时常瞅见你皱着眉，心事重重的样子。你的脸上少有明朗透明的笑，你说学业压垮了你的肩，你说得不到理解四顾茫然，你说你几乎要忘记了快乐是什么……可是J，少年悲秋的你可曾想过，那些美国人何以保持天真和愉快？你说，那是环境与制度使然。这个说法对，又不全对。环境虽然能造就人，但真正的快乐，取决于你看待世界的目光，是你的目光造就了你的处境。

美国人并不是见识狭窄，也不是没有尊严，他们只是怀着欢喜之心去看待万事万物，他们更擅长享受游戏的心态，以初次的目光去领受生活给予的种种复杂与新鲜。

欢乐，并不是孩子的特权。

我喜爱的美国作家 E. B. 怀特，你多半已因《夏洛的网》熟知了这个名字，不过，我更爱读的是他的散文随笔。他为孩子写过三本书，除了《夏洛的网》，还有《吹小号的天鹅》和《精灵鼠小弟》，他更主要的身份，是一位文体家，他是著名杂志《纽约客》的主要撰稿人，这本杂志是 20 世纪最受瞩目和尊重的杂志之一。

1957 年，五十八岁的 E. B. 怀特写道："我生活的主题就是，面对复杂，保持欢喜。"四年之后，他又写道："我在书中要说的一切就是，我喜爱这个世界。"

这个世界有战争，有倾轧，有不公，有灰暗，有猥琐，有贫穷，有狂乱，有瘟疫，有阴谋……所有的这些，E. B. 怀特都清楚地看到了，他还曾经身体力行，加入强烈反对氢弹试验者的行列，他一直在警告污染，呼吁人们保护环境，他关注核发电站、政治、宪法、裁军、种族主义等等。他没有生活在世外桃源，所有世界和生活的不美好，统统入他眼，然而，他依然"喜爱这个世界"。这是为什么？因为他看待这个世界的目光。

令他欢喜不尽的，是复杂的生活本身。他从眼前形形色色的事物中，都能找到欢喜。从城中花园里一棵伤痕累累的大柳树"靠铁丝捆扎才不致摧折"，到农场里刚孵出的鹅蛋，从谷仓里养的鸡与狗，到细碎的日常琐事家长里短。复杂生活中的种种遭遇，都让他心欢眼亮。在他七十九岁的时候，他还曾经如此"抱怨"——"上了年纪，实在麻烦，我始终不能摆脱我对自己的印象——一个约摸十九岁的小伙子。"

十九岁的小伙子——这是怀特对于自身的评价，正因那个活在他身体里的永远的少年，使得他无论遭遇什么，满怀喜悦或者痛苦，"保持了信仰不死"。当有人问起他：最珍惜生活中的哪些东西？他回答说："我珍惜对美的记忆。"

他自觉地过滤掉了不美的或者灰暗的部分，于是，他能更多地看到光看到美。J，这是一种真正获得幸福的能力。当你用新鲜的目光去打量这个世界，你会发现这个世界也是新鲜的，它会向你不断敞开，这个世界没有绝望——因为开启幸福的钥匙正掌握在你手中。

J，我总是一而再地想起那个与你同龄的女孩。当然，现在的她应该早已是一个母亲了，只是当年我与她相识时，她与你一般年纪。

她叫小谈，曾经是我的一个采访对象。

当时，她在上海一所重点高中上高一，之所以采访她，是因为她"做到了连成年人都无法做到的事情"（她的老师们的原话）。时隔多年，遥想那个秋天，我依然清晰地回忆起她给我的第一印象：这个女孩拥有我所见到的最美的笑容。她的笑仿佛薄薄的阳光，可以让白天和夜晚没有分界。那是一种怎样的笑呢？心无芥蒂，透明而真诚，可以扫净心灵上的尘埃，也可以让世俗的偏见躲避踪影。这样的笑，很多人都没有。她的老师，她的同学，还有其他很多人。

而这个女孩，偏偏有着令人同情的家境。父亲智障，母亲残疾，幼年时，母亲不堪忍受父亲的家庭暴力，与父亲离婚，从此，女孩和靠给人看自行车、去饭店洗碗的母亲相依为命。第一次交谈，小谈望着我，笑着说："没有人能选择自己的出身和家庭。你说对吗？我很小的时候就懂得这点了，或者说，在更多的时候，我并没有意识到自己和别的孩子有什么不同。我让自己不去想，就是想了，也让这个念头很快过去。不过，我也许真的和别的孩子有着很大不同，这是无法否认的事实。"

"幸运的是，我有一个不知忧愁的妈妈。"小谈说。她从没听过妈妈抱怨生活，也没见她当女儿的面流泪。她的妈妈总是给她信心，总是在女儿面前笑声朗朗。

J，"笑对生活"，说来容易，大多数人却无法做到。抵抗住生活的重压，不是靠肩膀，而是靠一颗柔韧乐观的心，靠你的目光去化解生活的沉重。

女孩小小年纪，就仿佛练就了一颗很强大的心，她相信：不管遇到什么，都会过去的。这也是妈妈教给她的。

上幼儿园的年龄，上早班的妈妈没法天天送她去幼儿园。从家里到幼儿园要横穿两条马路，小谈每天都是独自一人走着去。妈妈起初不放心，悄悄地跟在她后面。她走在前面，背上总能隐隐感觉到妈妈目光的压力，她一回头，妈妈马上侧身躲到树后去了。她笑起来，妈妈好像在和她捉迷藏。后来，妈妈不再"跟踪"她，因为她已经能安全地过马路了。那年，她四岁。

再后来，小谈又有过无数次没有大人陪伴独自行走的经历。当一个人走在冷清的夜晚的街道上心生恐惧时，当在凛冽的寒风中瑟瑟发抖时，她的耳畔总是响起妈妈的叮咛："一定要挺过去，将来会好的。"这样的信念支撑着年幼的她走过了最孤独无助的路，也将伴她走向将来未知的人生。

J，你也许会问，假如"将来"没有变好呢？那时候，女孩靠什么支撑？

我知道，很多人之所以承受今日的艰辛苦难，是因为前面有一个明朗的未来在招引它。这固然是事实。但是，相比那个尚无法触及的未来，惬意地度过今天，难道不更重要吗？度日如年与安之若素相比，你选择哪一个？

让我们看看小谈是如何"享受"她的看似并不美好的生活的——

长大一些，小谈开始和妈妈一起分担生活的重担。厨房在楼下，起居室在楼上的亭子间，中间隔着一段狭长昏暗的木楼梯。妈妈走路不方便，于是搬上搬下的活儿都由小谈包了。她还学会了做饭。第一次下馄饨的时候，她想把烧开的锅子挪一下位，不小心松了手，滚烫的开水泼到腿上，皮肤顿时大片泛红。过了一会，又大片地起泡。她轻轻惊叫一声，却不敢声张，生怕惊扰了妈妈。于是，咬牙，镇定地又煮了一锅馄饨。过了很久，妈妈才发现她脚上的烫伤。她嘻嘻一笑，敷衍过去了。那烫伤直到半年后才痊愈。

在一次次的碰壁后，小谈慢慢总结出一条道理，事物总是有两面性，就像学习做饭，既可能烫伤，付出皮肉受伤的代价，但同时又可能因此而掌握了一门生存本领。在很多时候，困难和挫折好像一帖催化剂。如果做好输的准备和最坏的打算，以坦然的心境去面对困境，得到的一定会比失去的更多。

就这样，小谈转眼到了上小学的年纪。

和同学们在一起，她变得更加开朗。有一阵，她还迷上了踢足球，踢中锋，还当过守门员。放了学，她像个野丫头一样在弄堂里疯跑。那时候，家里的经济条件远没有摆脱困境，可不知为什么，她心里的负担和阴影却卸去了大半。过了很久以后，她才想明白，这或许是因为她和外界的环境之间获得了某种平衡，这种平衡像风一样驱散了她充满雾霭的天空，然后她的心变得简洁、疏朗、明净。

有一阵，小谈每星期都去少年宫学琴，妈妈让她去的。J，你听了一定感到讶异，对于她们那样的家庭，温饱就不错了，学琴无疑是一种奢侈。妈妈用每月节省下来的饭钱给她买了一把小提琴，挑的最便宜的那种。每个星期天，女孩提着琴盒去少年宫，好像怀揣着一个优雅的梦。就这样，她慢慢地学会演奏一些简单的曲子了。

周末的晚上，她和妈妈吃完简单的晚饭，洗了碗，妈妈就会走到晒台上听她拉琴。她拉的最拿手的是马斯奈的《沉思》……那是她和妈妈最幸福的时刻。

长期艰苦的生活并没有消磨小谈对生活的热情，反而激发出她对学习的进取心。她的同学们都有漂亮的小书桌，有严厉的家长监督着，可他们却在为作业愁眉苦脸；小谈多希望有人能给她默默生词，关注她写字的姿势，哪怕是骂两句也好。可是，拖着病腿连养家都吃力的妈妈，起早贪黑出外打工，哪里有时间来管她？小谈只能咬咬牙，一切靠自己。

小学毕业，小谈以全校第一名的成绩进入了梦寐以求的凤凰中学。

这是一种全新的生活，有很多东西和过去不一样。首先是学校，凤凰中学远近闻名，一说是凤凰中学的学生，很多人会对你刮目相看；还有，环境也不一样了，同学都是全市各所小学的学习尖子，大多数家境优越，学习上的竞争也很激烈。对小谈和妈妈来说，还有一样最重要的不同——每学期需要支付对她们来说很昂贵的学杂费和书费，家里的生活越发拮据了。

起初，小谈的成绩并不理想，经常在年级七十名左右徘徊。和别的同学比，她的参考书少得可怜。新书当然买不起，她想到了旧书店。

于是，常常地，她挑个空闲，骑着旧自行车满上海地转。她总是在旧书堆里翻找。可是，这些旧书毕竟不合时宜，内容过时，跟不上教改的速度。见到别的同学都拥有成摞成摞新版的参考书，她心里羡慕不已。但她从来不向妈妈提这个。

一个学年过去了，她的学习仍旧没有太大起色，总是中不溜秋的。

那年暑假，小谈和妈妈筹划着利用假期卖牛奶，两个月下来，就能凑上下个学期的学费。这是她们能想到的最省力的挣钱办法。

可妈妈还是有疑虑。她问女儿："你行吗？卖牛奶要很早起来，要不怕难为情的。"

小谈若无其事地笑道："没事！"

小谈嘴上这么说，心里却在打鼓。

每天凌晨四点，当别人还在梦乡，小谈已经和妈妈起床，乘车去五角场批牛奶。批到了牛奶，妈妈去上班，她一个人把两箱牛奶搬上公交车，回到离家不远的13路汽车站上摆摊。那时候还不到五点。卖一包牛奶可以挣到七分钱。十包是七角钱。一百包就是七元。

她鼓起勇气大声叫卖："阿姨，买包牛奶吗？叔叔，买牛奶吧。"

起初，她的声音是抖抖颤颤的，话音仿佛打了弯。慢慢的，她想就豁出去吧，才敢放大了声音吆喝。上早班的人过来了，他们的手里往往拿了早点，就会顺手从她这儿买包牛奶。她麻利地收钱、找钱，从不出错。也有人用奇怪的目光打量她，不说话。小谈起先害羞地躲避那些征询的目光，但很快，她就能镇定自若脸不红心不跳地叫卖自如啦。

就这样，起早贪黑地两个月下来，她总共挣了四百多元，刚好可以付学费。

小谈的学习成绩渐渐有了起色，学校的老师得知了她的家境，给她买书、买辞典，买吃的，还主动减免了她的学费。所有的这些，都成了一种动力。她在年级的成绩排名逐渐稳定在二十名左右，然后又闯入了前十名，直至年级第二。

是的，小谈没有漂亮的衣裳。女同学们打扮得花枝招展，她的衣服却总是那么一两套，轮流换。当然，也都不是好看的新衣服，多半是从地摊上淘来的便宜货。可是妈妈把她拾掇得清清爽爽。她的衣服上没有油渍，也没有泥印，略微有一点脏，她自己就会马上洗干净。

也许因为小谈的朴素，女生们看她的眼神就有点异样。安娜就时常拿眼睛怪怪地上下打量她。瞥一眼，便心不在焉地移开。

安娜是个特别漂亮的女孩子，长发，经常佩戴不同的发饰，冬天也常穿薄呢短裙。每当安娜注视小谈的时候，小谈总是若无其事地把脸转过去，因为她并不因为自己的朴素而自卑。

说实话，哪个女孩不爱美呢？但是，与美相比，小谈更看重内在的东西。她更不愿意，因为她的虚荣心而增加妈妈的负担。

有一次，老师出了道命题作文：《我的妈妈》。这个题目早已不新鲜，小学时就写过。但这一回，小谈忽然有别的话想说。作文是在课堂上写的，她花了不到两节课就完成了。在作文里，她提到了一件事——

上小学的时候，她见别的孩子都有新衣服穿，便吵着向妈妈要新衣服，又哭又闹的。妈妈并没有责怪她，只是一脸无奈地告诉她，家里条件不好，买不起，等以后生活好了，再买。她慢慢停了哭，意识到自己的不对，便对妈妈说，不要买了。第二天放学回家，却见床上放了一件新衣服，是妈妈买的，边上还有一张纸条，妈妈在上面写：亲爱的女儿，对不起……

后来，语文老师把她的那篇作文当作范文在全班朗读了。教室里鸦雀无声，听着听着，不少同学抽泣起来。或许是小谈的生活让他们感觉陌生，让他们震惊，但小谈说她更愿意相信，是她和妈妈相依为命的骨肉情感动了他们。

下课后，安娜走到小谈面前，欲言又止。小谈拉拉她的手，她才开口道："我以后再也不说你的衣服不好看了。"

"其实，对我们做学生的，穿着是否好看又算得了什么呢？只要整洁和大方就够了。妈妈常常对我说，对于一个人格成熟的人，他的修养和学识才是最华贵的装饰。"小谈对我说。

初中毕业前夕，小谈参加了化学奥林匹克比赛。学校规定，凡是在竞赛中获得二等奖以上奖项的，均能免试直升本校高中。她估摸着，拿二等奖是没有问题的。

比赛进行得很顺利。回家后，她对妈妈说："这次我已经能免试直升高中了。"妈妈也很高兴，还特意做了一个好菜，庆贺了一下。

可是，意外发生了。几个星期后，成绩公布了。老师宣布，她得了三等奖，和二等奖只有一分之差！

小谈蒙了。但此时，丧气和懊恼只有蠢人才会。直升考试迫在眉睫，而在此前，她为了准备竞赛，全力以赴地泡在了化学上，把其他学科抛在了一边。怎么办？只能硬着头皮重新拾起来，从头开始全面复习。

她没把竞赛结果告诉妈妈，怕她失望，更没有对她说还需要参加直升考试。

直升考的前一天晚上，她还趴在饭桌上复习功课。妈妈心疼地说："都直升了，还看什么书呀？"

"我在写作业呢！"小谈说。这是她第一次对妈妈说谎。

第二天一早，小谈便去学校参加了直升考试。小谈知道自己正在经历一趟冒险，就像走在左右晃荡的索桥上，一低头，就看见脚下湍急的河水。"但我相信自己摔不下去，就算摔下去，河水也吞没不了我。"小谈说。

结果，小谈顺利通过了直升考，而且成绩优秀。拿到成绩单那天晚上，她才把真相告诉妈妈。

"那天晚上我是在复习迎考，不是写作业。"她对妈妈说。

妈妈用手指点点她的额头，笑起来："其实，我猜到了。不过，我相信我的女儿。"

J，那么多年前，当我听着小谈断断续续地讲述自己的故事，我感到了一点点的震惊。我的神思偶尔会出离开去。面前的这个女孩，让我产生了一点恍惚，她看待生活的不同寻常的目光，让我感慨万端。那个晚上，小谈家狭小的亭子间里，采访机发出

"沙沙"的轻微的声响。小谈沉浸在回忆里，托着腮，乌黑的眼睛出神地盯住一处看，脸上半是稚气，半是成熟。我也静默不语，我已经为面前这个身材小巧却蕴含着无限能量的女孩所震动，所折服。

在桌子的一角，摊放着一本用练习簿订成的剪报册。翻开剪报册，见有的纸张已经泛黄，有的句子用红笔划了线，内容多半是关于心理咨询和人格修养方面的。小谈腼腆地解释说，她喜欢心理学，想努力做一个心理健康、人格完善的人。

我惊诧于她何以会有如此透彻的悟性，继而又猜测这样的悟性或许是得益于她的母亲。我迫切地想见到小谈的母亲。从女儿的叙述中，我在心里给她母亲画了一张像：爽朗、达观，虽然没有受过很好的教育，但是知书达理。我提出想见小谈的妈妈。

小谈点头答应了，她说要带我去附近的一家饭店。她妈妈下岗后，在那里做临时的洗碗工。一路上，我想象着这位母亲的形象，尽管身有残疾，但或许会有着美好的容貌；并不张扬，但是坚毅、隐忍。

走过僻静的巷道，远远见到前方彩色流光的霓虹灯招牌。小谈说，那就是了。我们没有从前门进，而是绕到后门。小谈嘱我在原地等一会儿，自己径直下了楼梯。过了大约五六分钟，才看见她搀着腿脚不便的妈妈走上来。我朝她妈妈迎过去，近前，心底暗暗一惊。妈妈比女儿还矮了一个头，黑黑瘦瘦的脸，深凹的双眼，宽阔的嘴，一笑，露出参差不齐的牙齿和暴突的牙床。她脑后的头发随意地用皮筋抓了一把，身上穿一件单薄的碎花棉布衬衫，已经很旧了。见了我，大方热情地打招呼，自来熟的性格，大大咧咧。一旦她说话了，你便可以忽略掉她的相貌，只是为她的人所吸引。

她说，从女儿出生开始，她就知道这个孩子会经历与别人不同的人生。小谈很小的时候，如果摔了跟头，妈妈从不会心疼地扶起她。"爬起来，自己爬起来。"妈妈说。她说，以后的人生路上如果跌跤了，又能指望谁把你扶起来呢？下雨了，妈妈从来不去学校给女儿送伞，"将来长大了，不可能总是有遮风避雨的地方。小时候淋了雨，才可以经受未来的风雨。"无论什么事情，妈妈总是习惯让女儿自己做，让她自己收拾房间、整理书包，让她自己买东西，自己做各种生活的选择题。在妈妈眼里，大人的越俎代庖是对小孩权利的侵害。

"小谈生下来，就是一张白纸，我想在这张白纸上描绘最美

156

的图画。"妈妈的话有诗意。

"有没有抱怨过呢？"我问。

小谈抢在她妈妈前面说："能吃饱穿暖就足够了，相比以前用酱油下饭的日子，现在不知道要好了多少。"她脸上很平和，像在说一件平常事。

妈妈则在边上补充："我们家小谈运气比较好，她总能碰上锻炼的机会。"

听她这么打趣，我笑了起来。母女俩也笑了。

有一句老生常谈的话，生活是一面镜子，你对它笑，它也会对你笑。小谈和她的母亲享受着她们所能拥有的清苦生活，不仅不抱怨，还过得有滋有味。

J，讲到这里，关于小谈和她妈妈的故事本可结束。但余音仍在继续。

后来，我把小谈和她妈妈的故事写成了报告文学，发表在我所在杂志的头条。一时间，编辑部的电话给打爆了，很多人希望能和她们母女取得联系。他们的动机各个不一，有的想给予她们资助，有的希望同她们取得联系，用小谈榜样的力量来激励自己的孩子。我把人们的好意转达给小谈，但又不希望搅扰她们平静的生活，只是和她保持着规律的电话联系。

升入了高三，小谈学习更加紧张忙碌。我们偶尔通话，每次，她都高高兴兴。一直是我打给她，拨的是弄堂口的传呼电话。但因为是在公共场所，每次都不能多聊。我们约好了，等到高考结束，一定好好见次面。

没想到，6月的一天，我接到了小谈打来的电话，这是她第一次主动给我打电话。她抑制不住喜悦地告诉我："我直升清华大学啦，不用参加高考啦！"实在是一个令人振奋的好消息！

1998年的7月。我们的最后一次见面。热闹的淮海路，位于光明村一层的麦当劳。坐在我对面的小谈，笑得比以往都要灿烂，她整个人都仿佛被涂抹上了一层温暖的玫瑰色。在她容光焕发的脸上，闪耀着热情的光芒，好像整个心灵都在体验一种遥远的未来的生活。那光芒把我的心也照亮了，我耳边响着的是我和她清脆的笑声。

"许个愿吧。"我说。

"嗯，"她想了一想，爽快地回答我，"大学毕业后，我还要读硕士，读博士，对了，还要出国留学，让我的妈妈过上更加幸福的日子。"

那是我最后一次见小谈,我一直记着小谈朴素的梦想。可是,很多年过去了,因为机缘的错过,也因为其他难以言清的原因,从那以后,我和小谈断了联系。

在忙碌的日子里,我时常会想起她。若是被灰色的心绪笼罩,我更是会频繁地想到这个女孩。总觉得她是灰暗的冷冬里一点灼热的火光,燃烧自己,照亮自己,也温暖着别人。

J,小谈和她妈妈的故事也温暖了你吗?

我曾经将小谈作为人物原型,写进我的小说里,你如果读过《千万个明天》,会从崔明亮母子身上看到小谈母女的影子。在写作这部小说时,我曾去网上搜索关于小谈的消息。关于小谈的消息少之又少,不过,我还是幸运地找到了一条:2003年左右,一家上海电讯公司(这家公司曾经资助小谈上清华大学)在内部网上发布了一条消息,小谈从清华毕业后,和妈妈一起去那家公司感谢帮助过她的人,同时,带来一条消息:她拿到了美国南加州大学全额奖学金的录取通知书。

又是十余年过去,我依然不知小谈身在何方。但我相信,这个总是用目光拥抱、接纳生活和世界的女孩,无论身在哪里,都能获得她想要的生活。

J，我曾经一遍又一遍向今天的孩子讲述小谈的故事，我看见他们眼中的泪光，也能深切感受到，他们从小谈的故事里所汲取到的力量。

但愿，这些故事也能为你开辟一片全新的天：请用欣赏一片绿叶一朵花的目光去打量每一天的开始；请用敞开的胸怀，去拥抱你的生活，拥抱所有的挫折与不美好。

最美好的风景，不在别处，只在你的心中、眼中。

第九封信

『喜欢』与『爱情』

第一次的『爱情』往往带给我们人生最初的美妙与欢欣，但它只是娇嫩之花，难经风雨，容易萎谢。真正的好的爱情，需要以生命与时间去等待与培育。

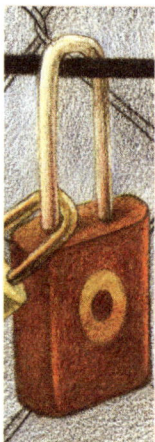

藏起你的眼

告诉你　我总想
藏起你的眼
当夏天的车轮碾过
心灵的原野
我知道
花开的季节来了

于是我时常
看见你的目光

循着诗的韵辙

在芳草的气息间流动

雨后的阳光照耀你

你的眼睛

使天空更加清亮

然而我总想

藏起你的眼

因为你的眼睛

像恼人的夏雨

浸湿了屋后最后一方草地

那提前到来的雨季

打湿了羞涩的企盼

我的视野因此模糊

于是

你的眼睛只能

悄悄躲进我夏日的收藏

会有云开雾敛的一天

当成长的脚步

印满心灵的履历

到那时　我将小心地

取出我夏日的收藏

你的目光

会像清凉的水

荡涤我的全身

在百合花盛开的时候

我可以告诉你

你的眼睛

是我心中最美的景致

写于 1990 年代中期

亲爱的 J：

　　我时常去一些学校和孩子们面对面地交流。有小学，也有中学，有上百人的小规模，也有两三千人的大场子。面对那些天真的脸庞，我总是站着讲，如此，可以看到更多的眼睛。不希求自己的话换来笑声，因为笑声时常廉价，也多半缺少意义。我更希望我所讲的，能在孩子心里稍作停留，有那么一两句话触到他们的心，足矣。

　　也就是在那样的场合，我会和他们或深或浅地说说关于"爱"的话题。但有时候，会被事先告知，有些事情"不宜讲"，或者被委婉地提示"要注意分寸"。这样一种提醒意味着，在很多成年人的眼里，对于你们这个年纪的孩子，有很多"禁区"，而这些"禁区"往往是成年人一厢情愿设定的。

　　那时候，J，我便想象你坐在下面，你会不会希望听我讲这些话题。当被一些人提醒的时候，我心里在悄悄说着"不"。因为，所谓的"禁区"是不存在的，面对你们，没有不能讲的话题，只有错误的讲述方式。因此，我还是问面前的孩子们，你们想听我讲这些吗？于是，他们以高八度的声音和无法抵挡的热

情，齐声告诉我："要——"

J，如果你坐在下面，一定也会和他们一起齐声高喊的。

在讲述"爱"之前，先来说说"我是谁"吧。

"我是谁？"这是一个永恒的哲学命题。我们存在于这个世界上，却并不完全了解自己。身处青春期，别说自己的思想，哪怕是身体变化也会令自己感到困惑，更别说去轻易地了解别人和爱别人了。

我经常收到中学生读者的来信，诉说自己的苦恼、困惑、情绪上的不稳定、家庭环境和学习环境的困境……人生有不同时期，可以说，没有一个时期比青春期更加使我们的情感跌宕起伏。我也一样。做学生的时候，没有人认为我会"出轨"，就像一列小火车，规规矩矩地在自己的路线上行驶，波澜不惊地抵达别人所认为的"好"的终点。可是，回首那段日子，实际上也是过得惊心动魄。对身体和心理的发育充满困惑，对男生和女生之间的关系也充满困惑，高中的时候，也暗暗地喜欢年轻的男老师，在碰到难题的时候，常常会觉得"过不去"，觉得天要塌下来。外界的一点点细微变化，都可以让脆弱的心碎裂、受伤。

我的心第一次"碎裂"，是在上小学一年级的时候。

当我第一次看见最崇敬的美丽的语文老师从不太干净的厕所里出来的时候，我惊讶地睁大了眼睛。而在此之前，我从来以为老师是神话中圣洁的人，他们不可能同我们一样是要上厕所的，而且是那种散发着不雅气味的厕所。语文老师费力地走入拥挤的孩子们中间，用手掌习惯性地抚摸一个个毛茸茸的脑袋。这个原本温柔的动作在我眼里忽然变得有些呆板和生硬。我注意到她的脸色有点苍白，她的衣襟皱皱的，衣角经多次搓洗泛出了单调的白，我甚至看出她的裤腿上那几点陈旧的泥印。因为一种没有理由的失望，平时神采飞扬的语文老师，在我这个八岁孩子的眼里黯然失色。

我的心猛然有一种被掏空的失落感，美好的想象仿佛一只被抛到空中的绚丽的气球，忽然漏了气，瘪瘪地挂到了树枝上，无力地摇曳。我从懵懂中醒悟过来，原来老师也是有着各种生理和物质需要的平凡的人，这一事实撤掉了我对老师所怀有的神圣又神秘的光环，它多少令我感到有些意外的残酷。

J，你第一次听见自己的心轻微的碎裂是什么时候？是因为怎样的一件细微的小事？对一个孩子来说，第一次发现真实的世界和想象的不一样，那是一种小小的颠覆。而在以后长大的路上，你会不断遭遇这样的"小颠覆"，你的心便会有无数小小的翻腾，甚至怀疑起自己来。

可是J，生活和世界的面孔原本都是清晰的，只是当一个小孩子初初来到这个世界，他的眼前始终蒙着一层雾，看不清它。而时间是一双无形的手，随着年岁的增长，它不断将眼前的东西一层层剥去，让孩子看到生活的本来面目。我们所体会到的"心的碎裂"，正是一种成长。犹如蝉蜕，犹如破茧成蝶，这是人生必经的过程。

成长本身会不停地制造一些事实，你接受也好，拒绝也好，这些事实都会踩着时间的鼓点滚滚而来。幸运与不幸，美好与丑陋，欢乐与痛苦等等，都如空气中的微尘，它们并存着，在生活

的洪流中占有一席之地。

J，当我在那些"翻滚的微尘"中度过了成长期，回首再看，我发现，所有的惊涛骇浪都不过是"茶杯里的风波"，而那时的自己藏在杯子里，看不到杯子外面广阔的天空。因为看不清楚自己，也看不清楚世界，于是便觉得，长大的过程是如此的缭乱和烦忧。而这种缭乱和烦忧在你步入青春期的时候达到了最高峰，一万种情绪向你涌来，一万道浪在冲刷你，让你无法招架。而所有的情绪里，最让你着迷也最让你痛苦的，大概就是关于"爱的迷茫"。

J，"爱"和"喜欢"是不一样的。"喜欢"很单纯，"爱"却很复杂。

你一定早已体会过"喜欢"的感觉，喜欢芭比娃娃，喜欢一条吉娃娃狗，喜欢薯条配番茄沙司，喜欢意大利面，喜欢开满了雏菊的田野……"喜欢"总是那么叫人愉悦，我们不会要求芭比娃娃、吉娃娃狗、薯条配番茄沙司和意大利面也来喜欢你。当然，你还可以喜欢某一个人，喜欢和某某讲话，喜欢某某的幽默，喜欢某某的多才多艺……这同样叫你愉悦。但是，这不是"爱"。

　　我在学校里，和孩子们说起爱的时候，他们会情不自禁地发笑、起哄，还会流露出不屑的样子，可他们眼睛里满满都是渴求，期待着和我一起来讨论这个话题。而有时候，小孩子在马路上看见情侣表现出亲昵的样子，就会嘲笑他们，正如他们会嘲笑自己身边走得很近的男孩和女孩。为什么会发笑呢？其实，他们并不是真的在心里觉得好笑，而是情不自禁地在用笑掩饰自己内心的局促不安，因为在谈论这个话题的时候，他们感觉到了心底正在产生某种特别的东西，这种东西让他们害羞和不安，于是他们用表面的发笑来抵御感受到的诱惑和迷恋。

　　"爱"当然和"喜欢"不一样，它不是那么单纯的愉悦，"爱"之所以让人沉陷其中，恰恰不是因为它的愉悦，而是爱所带来的不安、迷茫、不确定和痛苦。你不会要求喜欢的意大利面也喜欢你，但你会渴望你"爱"的对象也能"爱"你。爱情，是所有的情感中最深邃、最秘密、最有所保留，也是最唯我专有的情感。它伴随着生命的潮汐来到，当你第一次意识到"爱情"的时候，便是你告别孩提时代的标志。

"爱情"是和激情相伴随的，一个人给出爱情的讯号，希望对方也能接收到，并且得到同样热烈的回应——但，这是不确定的，并不是所有的"爱情"都能获得同等的回应，于是，便产生了不安和得不到的痛苦。即便有了同等的回应，因为"爱情"的专有性，你将你爱的那个人和别人完全区分出来，你对他有了特别的要求和期许，你希望让他变成你自己，与你合二为一。但是，他毕竟是一个独立的个体，和你是不一样的。爱情总是令人无法平静，于是，在享受美好的同时，也会有种种微妙、失望、危险和强烈的受挫感，兴奋不安会变得苦恼不堪，在某个瞬间，爱情会突然失去令人神往的魔力。

甚至，爱情也会是毁灭性的。朱丽叶和罗密欧，梁山伯与祝英台，爱情传奇告诉人们，爱情足以令人有勇气共赴黄泉。爱情有时也是疯狂的，热烈的爱情在付出的同时，也在索求同等程度的回报，它既寻求归属，又向往独立自由。爱情，总是在矛盾中

171

挣扎。

而具有悲剧性的是，爱情不是永恒的，它会消失，会失去。爱情是不能用山盟海誓来保证的。

J，所有这些关于"爱情"的解释，或许会让你的心感到"小小的碎裂"。我所讲的，是哲学层面上对"爱情"的理解，之所以这么说，是希望你由此准备好去思索你即将经历的人生，过一种"生而为人"的生活。即将展开的人生画卷，会以层层揭开的现实启发你去思索生活，追问自身。

而在此时，J，假如你感觉到了内心的某种不安与萌动，感觉到了某种黏稠神秘的情感在滋生，并且开始有了期盼回应的渴望，这或许就是属于你的"爱情"初次降临的时分。它将是你一生中永远都无法忘却的记忆。

J，无论它以怎样的形式来临，又是以怎样的形式终结，都是美好且珍贵的。人生中不会仅有一次爱情。初开的爱情之花却往往最娇弱。

当一个年轻的孩子最初产生爱情的时候，很可能源于自身生命的激情，是伴随生命的潮汐一起来临的。这样的"爱情"更加青涩、单纯，也更加的脆弱和懵懂。在还没有认清自己是谁的时候，还不懂得爱情为何物的时候，更不明白人生是什么样的时候，我们所以为的"爱情"悄然来临，冲撞了我们，也在推动我们加速成长。

是的，当那些孩子以不屑的表情和轻慢的笑声来抵御关于爱情的讨论时，我知道，他们是在以相反的方式希求我去和他们探讨。我在赞美爱情的种种自然与美好之时，也总是没有忘记提醒面前的孩子，该以怎样的态度去对待这初初绽放的生命之花。

因为——这个年龄的爱情也是危险的。因其懵懂，因其青涩，因其缺少对自身的把控，往往让这朵娇弱的生命之花遭遇摧折，它在让你享受生命美好时，也悄悄布下暗藏的诱惑和陷阱。

J，青春期的确是一条暗流汹涌的河流，对于一个初涉人生的孩子，独自渡过充满险境。时常需要有一个帮助你摆渡的人，这个人，可能是你心灵相通的伙伴，是爱你的父母家人，也可能是了解你的师长，或者，就是你内心的另一个坚强的声音，是你成为怎样一个人的内心的选择。

我接下来讲述的故事，也许比较极端，但是，你或许从中可以懂得，如何才能更好地享受美好的感情，而又能规避风险。

我认识一位成功的白领女性，她告诉我：她曾经是个少女妈

妈。"少女妈妈"在今天都是一个敏感话题，我无法想象在二十年前，这样的经历会带给她怎样的影响和伤痛。可是，她告诉我："青春期的伤痛对我来说，是一笔'意外财富'。"她这样描述当年的经历对她今天的影响——

她是家里的乖乖女，从小学到中学，一直是班干部、三好学生。上高中时，班主任是个新分配来的大学生，观念很新。别的班级都羡慕他们的班主任开明，但是他没想到，这样一来，班里出现了好几对谈朋友的，当年的这个女生就是其中一个。当时她是班长，小鹏是副班长，两人经常一起组织活动，不知不觉中有了好感。两人小心地相约到美术馆看展览，到电影院看早场电影。在一个初夏的夜晚，他们偷尝了禁果。后来，女生怀孕了。那年他们都是十七岁，惊慌而不知所措，不敢告诉家长。等到身体再也遮掩不住了，惊恐万分地找到了班主任，告诉他实情。

当年的女孩告诉我，她的班主任是真正的人类灵魂工程师！对于二十四岁的他而言，这种情况是个大大的意外。但他没有一句指责，立刻通过亲属联系了一家医院的妇科，冒着被别人误解为师生恋的风险，陪女孩去做了人工流产。又花掉半个月的工资，给她买了滋补品。在女孩身体康复后，他把女孩和小鹏叫到一起，语重心长地劝他们暂时冷却一下感情，给自己一段时间来专心学习。女孩和小鹏听从了他的劝告，不再做"校园情侣"。第二年，他们都考上了名牌大学，男孩去了北京，女孩留在上海。虽然他们的爱情搁浅在花季，但直到现在他们还是很好的朋友。

J，你会怎样看待这个当年女孩的故事？

我想，这个女孩是幸运的，有过那么一段青春期的特殊遭遇，却在老师的帮助下有惊无险地度过，并没有影响自己的航向。相反，这段经历让女孩更加能控制自己的情感，学会了换位思考，不迷失自己。毕业后女孩选择了做慈善的工作，动机很简单，就是想为需要的人送上一份光明和温暖，为迷失的人送上一份希望，为流泪的人送上一盏心灵的烛光。

这个真实的故事给了我很大的触动，我将它写进了我的小说。我给小说取名《橘子鱼》。确实有一种观赏鱼叫作橘子鱼，它的体色不稳定，常随水温和饲养条件而变色，只有在适宜的环境中，才会显露其漂亮的"橘子"本色。以此作为小说的题目，寄寓了我的某种期许。

J，假如你正陷入困扰，也请不必忧愁。因为所有的人，都曾和你一样。

青春期爱的困惑是个永恒的问题，无论昨日、今日和明日，仍然将困扰一代又一代的孩子。在外界诱惑越来越多的时代，作为成年人，作为家长、教育工作者，我们无法为孩子避免人生中的种种磨难，但我们至少可以为自己的孩子规避一些不该有的沟坎和挫折、人为的阻碍与压力，为他们创造一个有所归依的精神世界。而作为你自己，又该如何在不平衡的环境中把握自己，找到平衡？

J，"爱情"美好而不可怕。可怕的是"失衡"，心灵需要平衡，人生也需要平衡。付出与得到，爱与被爱，是一杆天平。而在生活的幕布还未完全开启时，当你感到惶惑与苦恼时，多一些思索，多寻求一些帮助，将是你获取平衡的钥匙。

所以，第一次的"爱情"往往带给我们人生最初的美妙与欢欣，但它只是娇嫩之花，难经风雨，容易萎谢。真正的好的爱情，需要以生命与时间去等待与培育。那时候的你，应该已经拥有了脚下坚实的大地和远方明晰的目标，你会明白，究竟需要什么样的"爱情"。

不过，J，我一直以为，和狭义的"爱情"相比，广义的爱是一种更有力量的爱。除去通常所说的男女之爱，更有对自己的爱，对生命和自然的爱，对生活的爱，对亲人、朋友和他人的爱，对国家和社会的爱……而后面所提到的爱，或许要比爱情更加给予人希望与光明。那样的"爱"，可以成为信念，更可以成为支撑人生的力量。

关于这样的"爱"，我会在以后和你谈到。

第十封信

有一种爱与生俱来

爱情会消失，亲情永不会失去。爱情激烈，亲情平淡而绵长。爱情或可割舍，亲情却会像看不见的纽带，将你的一生紧紧缠绕。

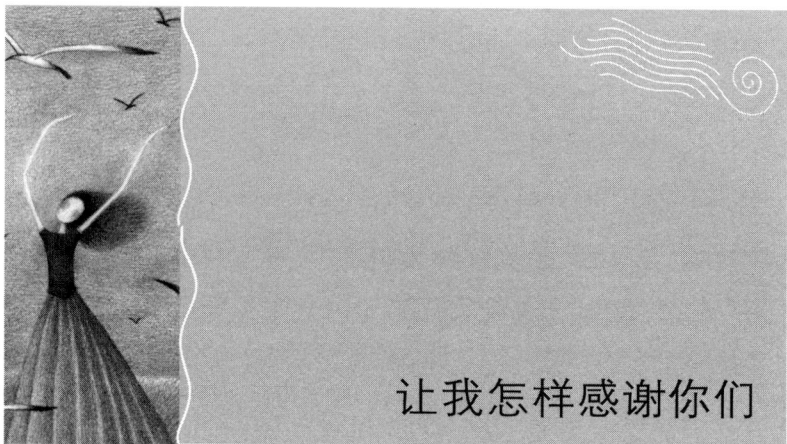

让我怎样感谢你们

让我怎样感谢你们
那些爱我的人

我祈求一滴细小的水珠
你们却给了我浩瀚的海洋
我渴望一片嫩绿的新叶
你们却捧给我绚烂的春光
我想拥有一枚轻柔的羽毛
你们却赐予我宽阔的翅膀

让我怎样感谢你们

那些爱我的人

我的父母　我的师长

我的亲朋　我的好友

还有生命中匆匆相遇的路人

我的肩上

承负了太多的挚爱

我的耳畔

拂过千万种关照的声音

我的心头

有无数只鸟在歌唱

让我怎样感谢你们

那些爱我的人

当我学会轻声道谢

我蓦然发现
一句"谢谢"也需注入
全部的雨水和阳光

当我瘦削的肩
再不能承受
潮涌般的关爱
我才明白
只有用爱的回报
方能减轻心上的负担

也许　被爱也是一种责任
它无法使你坦然
无法令你释怀
只有在晨光熹微的黎明
当我为爱我的人
捧出一颗真挚感恩的心
你们会因此而微笑

我会因此而欣悦

让我怎样感谢你们

那些爱我的人

写于 1990 年代中期

亲爱的 J：

　　我在 2013 年春天的时候，经历了人生中最大的悲哀——
我最爱的外婆永远地离去。她离去的时候，九十九岁了，我
们朝夕相处四十多年。而在此之前，我一直天真地觉得，外
婆会永远地活下去，活过一百岁，活到无穷老。我们会永远
在一起。

　　但是 J，人生必然要面临无可挽回的失去与永别的，即便你
再贪心，再珍惜，再挽留，最美好与最珍视的都会如指间流水，
一去不返。然而，当你在拥有那些美好时，却往往会自欺欺人地
以为它们永远不会失去。正因如此，我们在拥有的时候，会不珍
惜，不呵护，在失去后，才会有无穷的追悔。

　　我和外婆并没有血缘关系，因为我的母亲是外婆领养的。
但在我们相处的时光里，亲情早已超越了血缘的存在，让外婆
和我成为密不可分的整体。外婆离去后的半年，我悲伤得无所
适从，茫然不知所措。我感到自己丧失了写作的能力。这是一
段空空的，除了难过还是难过，不断地触景生情的日子。当时
我想，我必须写下关于外婆的文字，才可以疗治内心的丧失和

疼痛。我又想到了母亲。母亲的悲伤比我有过之而无不及。她告诉我：她每天无时无刻不在想外婆。早晨洗脸的时候想，吃饭的时候想，去上厕所的时候想，看电视的时候想，喝咖啡的时候想，吃点心的时候想，洗脚的时候想，临睡前想，半夜醒来的时候想……几乎所有的生活细节里，都有外婆的影子。她无法和别人提到外婆，一提，就泣不成声。母亲说，好多人无法理解我们的悲伤。他们说，外婆九十九岁高龄离世，是喜丧；他们说，九十九岁很老了，老得足可以无憾地离去，活着的人也无憾，更何况，外婆离开时那样安然，没有痛苦。可是，我们为什么还是那样悲伤？

我想，那是因为外婆在她九十九岁的人生里曾经对我们付出了毫无保留的爱，她的爱融入了我们的血脉，让这个家成了一个血肉相连的整体。当外婆年迈以后，我的母亲以她爱的反哺，让我这个做女儿的感受到了超越血缘的亲情力量，深深体会到"爱的给予比爱的得到"更有意义的真理。

在无法排遣的悲伤之下，我想到了写作。我想写一本关于外婆和我的书，不为出版，只为我和我的母亲而写。我是母亲的女儿，希望通过我的文字，也能让母亲的难过得到抚慰和宣泄。我通过回忆抚慰自己，也通过记录来挽留记忆。我想，当我记录下那些过往的关于外婆的琐琐屑屑，即便将来自己忘记了，只要读到这本小书，就能回想起淡忘的一切，而外婆又能栩栩如生地出现在我面前了。

写外婆的书从酝酿到完成，只花了一个多月的时间。而单纯的写作时间，不到二十天。这大概是我的写作经历里最"神速"的一次。写作的过程中，一再地泪如泉涌。我又重温与外婆相处的一朝一夕，以及自己从孩提时一路走来的时光，难过之余，另有一种夕阳斜照般的温暖。

写完最后一个字，我长吁一口气，自己的心痛仿佛得到了安慰，忧伤得到了纾解的渠道，而我的母亲一遍遍流泪读完，跟我说：拿去出版吧，或许应该让更多的人读到。

后来，这本书真的出版了，我给书取的题目是——"爱——外婆和我"。我在前言里对读者说——

亲爱的孩子：

首先我要告诉你们，这不只是一本写给孩子的书，我更愿意你们和父母，以及（外）祖父母一起分享。

这是我第一次真实地叙写自己的生活，也是第一次如此完整地记录外婆和我的故事。

人世间的道理，只有经历过才会明白，比如——生命老去过程中的无奈与凄愁，每个人都会面临的无法逃避的死亡……一个人独自往前走，一生都在学习中：学习感受和珍惜亲情的美好，学习面对人生中不断的失去与得到，学习用记忆来挽留曾经的温暖，学习为种种困惑和疑问寻求答案。

而爱的学习，更是我们一生的功课。

在书出版的同时，这部作品还在一份有着一百万发行量的报纸上连载，我每天都收到各种邮件和短信，这是我写作二十多年来得到反馈最热烈也最轰动的一部作品，而它的读者，上至九旬老人，下至九岁幼童，他们流泪、感动、唏嘘、反省自身，并且因此而生出了许多文本之外的奇妙故事。这本书出版一年多，余韵一直在蔓延。而在所有表达感动和感激的信件里，最触动我的，是一封来自九岁小女孩的信。

她是我的同事的女儿。有一天，我正端坐在电脑前看稿子，忽然，身后响起一个细小的声音。一回头，见一个穿绿上衣留着齐眉刘海的小女孩局促不安地站在那里，手里托着一块水果蛋糕。

"姐姐，我太喜欢你的书了，太感动了，我一定要给你写一封信。"小卜卜用有些紧张的语调说出憋了许久的话，"我要安慰你，再过两天是我的生日。"她说着，递上了手里的蛋糕。

小卜卜只有九岁，我无法想象这个年龄的孩子能读懂凝聚了生命沧桑、关于爱的书。可是，小卜卜坚定地告诉我：你写的是亲情，这是一种伟大的爱。

我珍藏了小卜卜写给我的信，那封用铅笔写的信，每个字都写得工工整整，还用彩色蜡笔画了很多个小图，她说她被书里的叙述感动得"倾盆大泪"，"觉得从此要好好对待外婆"，还说，"我希望您能再次和您的外婆遇见，我相信您和外婆的心永远在一起，无论您在哪里，外婆一定会在天上守护着您。人如果离世，但那个人留在人间的感情是不会变的。外婆一定会记住您，她还会一样爱您。血缘算得了什么，亲情最重要！"

　　J，读完小卜卜的信，我的眼睛湿润了。先前，我从没有想到，只有九岁的孩子居然能如此透彻地理解生命和爱。十多年前，我曾经在一个短篇小说里讲述爱与生命的离去，那是一个女孩和即将去世的母亲之间发生误会的故事。我在小说的引子里这样写："只要我们彼此相爱，并把它珍藏在心里，我们即使死了也不会真正消亡。你创造的爱依然存在着。所有的记忆依然存在着。你仍然活着——活在每一个你触摸过、爱抚过的人心中。死亡终结了生命，但没有终结感情的联系。"这是一段历经世事的人，对生命和生活的感悟。而同样的意思，却被一个九岁的孩子早早地体悟到了。我在惊讶之余，更多的是深深的感动和心疼。

　　小卜卜还告诉我，她曾经把这本书推荐给同龄的伙伴看，可是他们"逃掉了"，他们以为这本名字叫作"爱"的书，讲的是可以让他们发笑的"爱情"。于是，小卜卜着急地解释给他们听：这里边的"爱"不是"爱情"，而是"亲情"呀！

　　是的，J，有一种爱与生俱来，那就是亲情。如果说，"爱情"意味着在付出的同时希求回报，亲情则是一种只求付出不求回报的情感。爱情会消失，亲情永不会失去。爱情激烈，亲情平淡而绵长。爱情或可割舍，亲情却会像看不见的纽带，将你的一生紧紧缠绕。

在《爱——外婆和我》的尾声，我用几百字概括了外婆和我四十多年的相处——

1971 年 10 月，我出生，是个夜啼郎。外婆日日抱我，抱得骨关节发炎，只好托给同事母子帮忙照看。

1975 年，我五岁。外婆带我去南翔馒头店吃小笼馒头。她买了一笼屉的小笼馒头，在旁边满足地看我吃，自己却一只都不肯尝。

1978 年，我八岁，暑假从南京回上海。外婆来火车站接我，提了我的行李挤公交车。我上去了，外婆却被人群挤得跌坐在地。我扒着车门大哭，第一次知道撕心裂肺地心疼外婆。

1983 年，我十三岁，外婆六十九岁，因胆结石住院。

我没能去她病榻边探望，却吃到她托人捎来的香港产方便面——是她住院时别人送的。那是我第一次尝到方便面的滋味。

1992 年，我二十二岁，外婆七十八岁。气温骤降时分，外婆一个人在高峰期挤乘三趟公交车，来我的大学送被子。她奇迹般地找到了我的寝室，我却来不及见到她。看着放在床上的松软被子，我当着别人的面泪如雨下。

2000 年，我三十岁，外婆八十六岁。我出差北京，外婆在洗床单时突发眩晕，被邻居送去医院。我从北京赶回，在门诊大厅里见到正在打点滴的外婆。外婆第一句话是："灵灵，就怕我以后不能照顾

你了。"

2010 年，我四十岁，外婆九十六岁。她时而糊涂，坐在沙发上呼唤姆妈，我凑上去，指着自己的鼻子开玩笑道：喊我姆妈，我就是你的姆妈。外婆嗔笑着骂我"十三点"。

2013 年，我四十三岁，外婆九十九岁。我用尽力气抱她，抱她站起，抱她上马桶，抱她上床。我只恨自己力气太小。外婆双手抓到什么，都会用力支撑减轻我的压力。只是 2 月 4 日早晨，我最后一次抱她，她试图用手撑床，却再也没有一丝力气……

我的外婆从未离开过，她在我的心中永生。

J，一个人，往往需要用半生才能真正地理解亲情——这种与生俱来的爱，而当他真正懂得时，却往往面临永远的失去。这便是人生的可悲与无奈。

因此，J，当你抱怨亲情的缠绕时，当你因为家人的不理解而苦恼时，当你时常生出逃离那个爱的窠臼的念头时，或许应该再回过头想一想，假如失去了这种"爱"，你的世界将会怎样？你宁愿孤身一人与风雨争斗，还是愿意在亲情大伞的护佑下，与爱你的人一起在风雨里前行？当然，只有当你体会到爱的付出的愉悦之时，才会真正体悟爱的真谛——

在所有的情感里，亲情是最可靠、最稳定的情感，它是真实的、永恒的，是不灭的。

于是有人说："亲情是魂灵的圣火，在它的映照下，你才能事业有成；亲情是治疗伤痛的妙药，在它的安抚下，你才能百痛全消。鸟儿需求蓝天显示英姿，蜘蛛需求编网横行天下，而人需求亲情来维系终身。"

第十一封信

从文学中寻找答案

那些书，让我进入了一个不一样的世界。是另一个时空。我笃信这一点，在这个世界的另一个地方，会有一个全然不同的所在，有仙女、天使、银河、海的呢喃、会飞的鱼……

答　案

是不是南行的鸟儿

永远不会回来

是不是密林的深处

真的没有人家

是不是微笑的脸庞

只流泻快乐

是不是阳光下的小花

会开得更艳

是不是一定有些什么

必须要忍痛放弃

是不是丢失的天真

只能用真情找回

是不是过早出土的小草

会经受风霜的洗礼

是不是"是不是"

总和岁月的树一起成长

也许只为了寻找一种证实

也许仅仅是为了寻找

在柴可夫斯基的伤感旋律里

在柏拉图的古怪对话里

在幽幽的生命交响乐里

在冥冥的探寻中

真的会有一方

缀满答案的天空吗

青春之门不再是

遥远的目的地

朦胧的思绪中

少年末班车已当当驶过

风中

有一个瘦瘦小小的人儿

正在远去

写于 1990 年代中期

亲爱的 J：

　　此时，冬天近了。空气里开始有了寒意，那寒意来自薄薄的云层，来自略带凛冽之意的风。而我，偏偏没有穿上足够御寒的衣服。那风仿佛长了触手，从衣服的缝隙里钻进去，需要肌肉紧缩才能抵御住无孔不入的冷。

　　我走进那所中学。所有的建筑都是暗灰的冷色调，落叶的梧桐树干朝天空画出凌乱的几笔，只有红色的跑道是暖的，跑道的另一头是同样灰冷色调的体育馆。

　　走进体育馆的时候，忽觉暖气扑面，抬头一看，我吃了一惊。看台式的阶梯上坐满了人，老师说，坐在这里的只是高一一个年级的孩子，足有 2000 人。我走上水泥浇制的主席台，第一排的孩子近在眼前，近到仿佛就挨着我的脚尖，需要从讲台上探

出身子才能看到他们。没有开灯，自然光线射进落地窗户后，似乎蒙上了薄薄的纱幔，远处的脸完全看不真切，竟有了一种似真似幻的不真实感。这种幻觉一般的体验，令我似曾相识。

红色的横幅上写着"写作指导"的字样，每每遇到学校自作主张地设定了主题，我都会向孩子们说明，我想讲的不是"写作指南"，因为在我心里，有比实用的写作指导更有意义的东西，那是关于"文学的用处"的。

J，我看到你惶惑的目光。你会疑惑，对于你来说，文学已经等同于课本上没有表情的文章了，当那些原本含有温度的文字在课堂上经历解剖一般的肢解分析以后，你几乎感受不到那些文字原有的意蕴和魅力了；你还会想，文学这两个字，不知从何时起，已经幻化为"应试作文"，你更需要有个人告诉你，写文章，

该如何立意，如何选材，如何有话可说，如何不跑题，如何拿高分……

J，你没有错。曾几何时，对于你们，文学已经等同于分数了。这让我感到悲哀。

在我成长的年纪，如果有人这样问，我也许会说，文学是一包在饥渴时解馋的糖，或者说，是一扇可以看到风景的窗。

J，十八岁以前，我一直生活在一个既不像乡村也不像城市的地方。那是一个大型的钢铁企业，一个封闭的社区。那里靠山、临江，省际公路像一条笔直的手臂伸向远方。公路的那一边，便是广袤的农田。我和同伴们从幼儿园一直到高中毕业都在一起，即便后来四散各方，彼此手足般的情谊依然存在。

我是父母唯一的孩子。一个人的时候，最喜欢做的事情便是张望和遐想。推开木格子窗，可以一览无余地望见远处山的轮廓，农家的房顶上炊烟袅袅。一片烟岚中，仿佛能望见山的那一边。那一边的图景均在我的想象中，车水马龙、房子、人群，还有花海、纵横的道路。傍晚，走出家门，喜欢站在高高的山墙下张望，看下班的大人从对面的山坡上走下来，那里面会有我的妈妈，妈妈的提包里总是会有一两本新书，书里，有另一个看不见的世界。

　　倘若视野受限，我依然有自己的办法张望。躺在被窝里，被窝就是我的探险山洞，用手指"走路"，走过迂回曲折的皱褶，沿着洞口探进的光束，走向山洞的深处。我轻声给假想的人物配音，胡编乱造不成逻辑的故事，满足自己的白日梦。稍大一点，开始把白日梦付诸实践。在卡纸上描画、涂色、剪裁，做房子、做人。房子有屋檐，墙上贴墙纸，再画上应有尽有的家具。至于那些纸人，有男有女，有老有少，每一个都赋予名字和独特的身世，它们之间的故事，统统依着我的心情和想象，缠绕、交错、变化多端。

　　有时候，我也爱凝视一处。那可能是玻璃球里的花纹、天花板上的水渍、天空中几朵游动的云，抑或在太阳光柱里

翻滚的微尘。它们总是将我的思绪牵到无穷远的地方，那是我的思想没有能力抵达的地方，神秘、幽玄，时常想得我头脑一片空白。而即便是一片空白，也是那么令人神往，仿佛充满了丰富的内容。当然，更爱凝视一些活物，比如自家养的母鸡、刚刚脱掉尾巴跳上田埂的小青蛙。我凑近它们，观察，近到可以看清它们眼皮上的皱褶，也能感受它们的心跳和脉搏。我在观察时，在内心和它们沉默地对话，惊奇的是，当我这么做的时候，往往能从它们微妙变化的表情里读到它们的回答。

童年和少年时的阅读生涯似乎从未停止。从小学到初中，读儿童报纸杂志，最爱童话、民间故事和神话传说；也读成人书，《简·爱》《红与黑》《红楼梦》以及松本清张的侦探小说和霍桑探案，但大多一知半解。对我来说，阅读的感觉总是让我想到一些熟悉的体验——张望一座山，去想象山背后的情形；凝视一粒微尘，却惊讶地发现细小的灰尘里也可能埋藏着说不清的秘密。我迷恋那种"穿透"的体验，以及神思游荡、陷入冥想的快感。

很多年以后，才听到一句话："身未动，心已远。"想起自己的童年和少年，那段日子，始终处于神游状态。身外的世界对我来说辽阔而苍茫，那里蕴藏着无数难解的谜；即便是小小的自

己，亦有那么多没有看清的真相；至于未来，我曾无数次的遥想，遥想的那端正开启璀璨一片。因此，尽管身处一个狭小逼仄的地方，我的年少时光却宽广得足可以信马由缰。现在回头看，那段时光五色缤纷，比以后的任何一个生命阶段都要丰饶、曲折、耐人寻味。即便日后遭遇种种不如意，甚至也有过不去的时候，生命初始奠定了的暖色基调成为我往前走的动力。

　　J，我说远了吗？我向你描述我的少年时代，是想和你讨论一个有趣的问题——为什么身处一个封闭的地方，却从未令我沮丧寂寞，相反，那段时光给我提供了无限宽广的空间，我的视线从未受限？

我想，这是因为，少年的我，从未停止过阅读和遐想。至今回望当年，依然能品咂出新鲜的味道——

曾经，在十岁以前，在父母结束两地分居之前，家里只有我和妈妈。妈妈用读小说打发夜晚的冷清。在她是小姑娘的时候，她就总是捧着小说看，看成了高度近视。她喜欢勃朗特姐妹，喜欢《牛虻》《茶花女》，老唱机上的黑胶唱片缓慢地转动，让时间沉淀。那个时候，每个人都是时间的富翁，可以眯着眼睛享受时间，听时间从身边流过的声音。这底楼的两间屋子是我们的，窗外的小花园里栽着香喷喷的月季花，窗缝里有花香飘进来。妈妈读着小说，在有兴致的时候，跟我讲小说里的故事。说实话，那故事我听不懂。但是，我喜欢这样的夜晚，还有从广播里传来的"长篇小说联播"里温润的女声。

慢慢的，我会识字了。晚饭后，是要去散步的。夜凉如水，梧桐树叶把月光切成了一小片一小片奶酪。我牵着妈妈的手，踩着奶酪去街角的图书馆。

想起来，那个街角的图书馆真小，坐落在工人文化宫里面。文化宫的门口霓虹灯闪烁，站在街口抽烟的男人，卖小食品的小贩，闲逛的人，影子与影子交错、移动，夜很安详。图书馆里，粗糙的木头书架靠墙摆放，隔着玻璃，看见架子上贴了标签的卷了角的书，蒙了岁月的尘土。我从架子上认识了陌生的名字：莱蒙托夫、波德莱尔、王尔德，还从那里捧回属于我自己的书：安徒生、格林、林格伦、马克·吐温……以及中国的神话传说。

那些书，让我进入了一个不一样的世界。是另一个时空。我笃信这一点，在这个世界的另一个地方，会有一个全然不同的所在，有仙女、天使、银河、海的呢喃、会飞的鱼……后来我知道，这个地方其实并不远，它就在我心里。在感到恐惧孤独的时候，它跑出来安慰我。正因为有它们的存在，我的世界很大很大。

妈妈永远是同事中订阅和购买书刊最多的人。在我幼小的时候，她居然拿出两个月的薪水为我买了一整套《辞海》。那四本《辞海》真是重，我一个人的力气根本抱不起它们。我坐在椅子上，端详桌上厚厚的一摞书，那书挡住了妈妈的脸，我的心里涌起仪式般庄重的感觉。我要花多久才能读完它呢？我想。这一摞厚厚的书，让我把阅读和庄重感联系了起来。在那个时候，我便知道，阅读，绝不是仅仅给人欢悦的。

除去阅读，我也爱看电影。

1982 年，十一岁的我第一次看到改编成电影的《城南旧事》，自此不忘那部电影留给我的那种淡淡的忧伤、抒情与诗意的感觉，那种感觉甚至绵延了很长一段日子。我觉得自己仿佛成了小英子，看到了透过小英子的澄澈眼睛所见的复杂世相和人生，它让我从无忧无虑的童年期分离出来，忽然有了一种与先前全然不同的看待世界的目光。相比同期观看的其他影片《泉水叮咚》《苗苗》《小铃铛》等，没有一部像《城南旧事》那样带给我如此强烈的审美感受。后来，我读到《城南旧事》的原著。显然，文学作品所呈现的生活图景，比电影更加丰富，视角更加广阔，所反映的生活也更加复杂，但它的叙述采用的却是纯粹的儿童视角和儿童口吻，这是作品非常迷人的地方。

如果说，先前的阅读曾经让我一知半解，《城南旧事》却是第一本让少年的我认识人生真相的书。

J，在我成长的年代，除却一些经典童话、神话和民间故事外，并没有很多适合孩子阅读的书。当我在世界名著的经典丛林里穿行时，依然是个心思蒙昧的小孩子，凭我的心智和阅历，难以体会其中真味。我只是被一些闪光的句子打动，那些句子像钻石一样闪亮，却难以真正拥有它们。

但是毫无疑问的是，阅读让我枯燥单调的少年时光丰富和温润了起来。如果说，知识性的阅读只是客观地拓宽了我的视野，那么文学阅读则是真正给了我温度，那样的阅读是有情感的、有生命的，它让我感到一种力量，那种力量在温柔地为我的心灵塑形，我隐约看到了世界和未来的真实模样。

很多年以后，我看到社会各界人士探讨一个困惑的问题，为何一些受过高等教育智商超群的人会犯罪，他们总结出来的原因之一是——缺少人文素养——一个饱读诗书，有着良好人文素养的人心智会相对健全，不会走极端之路。

少年时光总是充满了幻觉。一个少年之所以感到烦恼和忧愁，皆因对世界和自身的不了解，并且粉饰了周遭的世界，当感到为希望所欺骗，怨悔便由此而生。因此，J，如果当你在年少时，就能得到忠告和指导，从头脑中根除对这个世界所抱有的巨大的期望，也许就会获益良多。

恰恰，文学，便是以艺术与和柔的方式告诉我们世界的真相，并且，让你在了解真相的同时，还能找到心灵皈依，"身处淤泥心有莲花，沦为地狱向往天堂"。

文学当然和新闻不同。新闻也告诉你世界的真相，但是，当这些新闻形成文字之后，新闻的意义也就终止了。但文学不同，文学是生活的提炼，是诗性的、神性的、精神的、终极关怀的，它的声音会在你心里余音不绝。

就像《红楼梦》，它之所以伟大，是因为它虚构了一个大观园，把大观园里的人与物都写得圆满了，它反映了社会和世相，写了"通常之人情通常之道德"（王国维语）。文学不是对应历史事件的，它是在社会大背景下建立起的独立世界，这个世界里能映照出现实世界里的一切，里面有人性，有人类的困境，自然，也有指引你走出困境的航灯。加缪说："文学不能使我们活得更好，但文学使我们活得更多。"莫言说："文学的用处，在于它没有用处。"而我要说，对于成长中的你来说，文学当中更有人情之美，有世界的奥妙，有人心中的温柔部分，文学中也有哲学……这些东西，其实都是支撑我们活得更坚强的理由。

少年的我，走入青春期后，曾经有很长一段迷惘和困惑的日子。周遭的事物都仿佛变了形，而我的心情也是扭曲了的。明明暗暗的心绪撩拨人，没有来由地欢喜，没有来由地悲伤，外界一点点细小的变故，都能在我心里放大。之所以如此，是生命成长过程中必然产生的，也正因那时候的少年，根本没有能力了解人性和世界，于是，在烦忧中兜兜转转，不得解脱。

倘若能在少年时多浸淫于文学，从文学中了解世界与人生，你的目光可能就会变得深刻与从容，一切并不美好的个人经历，都可能转化为心灵的财富。

哲学家塞内加说：人对有准备的、理解了的挫折，承受能力最强，反之受伤最重。从这个意义上说，那些文学里的故事，可以帮助我们了解到人生的真实面目，随时做好迎接"坏事"的准备，更何况，"坏事"未必真的那么坏。

而我少年时代遭遇的最大困境，是在高中时代对一位年轻的老师萌生喜欢，而内心最大的抗拒，是清楚地明白这样的喜欢不仅不可以，而且毫无前景。以我当时的阅历和心理承受能力，这样一种"不可以"犹如巨山压顶，令我窒息迷茫。而这样的负担无处诉诸，包括自己的母亲。

也就是在那时，疲于应付学业的我，挤时间读完了一部当年唯一能找到的应和我心境的长篇小说《早恋》，作者肖复兴。这本出版于 1987 年的小说，据说是中国第一部触及中学生男女感情的长篇小说。书中通过几对少男少女的故事，围绕着早恋风波而展开的教育思想碰撞，反映出中学生对爱情天真、迷茫却真挚的向往，以及他们对社会对人生的困惑与追求。出版时，因为观念的前卫大胆，曾遭禁版。但我却幸运地从图书馆里发现了它。

这是一次激荡灵魂的阅读体验。我花了不到一个星期，断续读完了这本洋洋数十万言的小说。我与书中人物同喜同悲，如同从镜中看到自己，竟有了一种悄然的释怀，压在心上的巨石被悄悄搬动。更重要的，书中的一句话点亮了我原本昏暗的世界，眼前豁然有了通往光明的出口。"当外界不平衡的时候，把握自己，使自己平衡。"——这句话击中了我。我恍然意识到，一直以来，我害怕的是什么，担心的是什么，当内心失衡之时，我的整个世界也都失去了平衡。而这种失衡状态，恰恰可以让人迷失、痛苦、进退两难。

J，我们喜欢一本书，或者说称道一本书，往往只是因为其中的一句话点醒了我们。那一句话，可能抵过一本书的分量。

当我后来慢慢开始写作之后，才逐渐接近文学所谓的真谛。写作二十余年，我至今不敢夸口说我已经对文学真谛了然于心。我所能了解的是，不同的优秀作家自成风格，一个作家一辈子可能写几十本书，这几十本书可能是一本书的种种翻版，几百个人物很可能是一个人物的种种化身。而这几十本书，便是这个作家的自传。J，我想说的意思是，每个作家都有极大的创造力，而每个作家也都有其局限。因此，我主张你在文学中寻找人性、人生和世界的答案之时，不要拘泥于某一个作家，而是拓宽自己涉足的领域，你可以在不同的作家所创造的世界里去思考和判别，然后接近你所要的答案。

J，这个世界之所以可爱，有种种理由，其中之一便是有太多的好书可读。倘若你想了解什么是虚伪，可以去读《十日谈》或者《红字》，你将了解到教会和任何集团一样都有虚伪的一面；读了《忏悔录》或者巴金的《随想录》，你会想，一个人要真实坦诚地面对自己，是多么不容易的一件事，又是多么难得的境界；读了《巴黎圣母院》，你不但知道什么是虚伪，而且你也会知道什么是美，什么是丑，它更是你解读丑与美的这个哲学命题的一个影像；如果你要了解什么是真理与谬误，最好是读一本哲学书，当然，读了也不一定就明白什么是真理，但是，你可能了解到别人说的真理是什么样的；想要学会爱与被爱，你可以去读读弗洛姆的《爱的艺术》，懂得和体会"给予比接受更令人快乐"的道理；珍惜生命的纯真，你可以去读《彼得·潘》《窗边的小豆豆》《小王子》，去体会一下一颗纯净的心灵有多么美好和令人感动；如果你对了解人的内心有兴趣，则可以去读茨威格和弗洛伊德。

不过，J，在你这个年龄，极易被伤春悲秋的文字吸引，淡淡的愁与伤感，让你身处的世界区别于周遭的真实世界。你大概会不自觉地为自己营造起亦真亦幻的氛围，正因这亦真亦幻，你可能会为自己筑起高墙，将书本世界和现实隔开——倘若整日在小说和抒情诗里找情趣，难免会把自己禁锢其中，回头看天天接触的有血有肉的人物反而会觉得异样呢。你常常能感受到别人感受不到的心绪，你可能往艰深微妙处走，却无法和身边世俗的人分享。

J，我要说的是，假如对文学的认识不全面，往往会走向褊狭。有一种提醒不得不说，在沉入书海的同时，万万不可关闭和世界交流的心门。你从文学中得到的收获是，对未来的遭遇有了准备有了理解，你可更加客观冷静地面对未来，以及演好自己在人生舞台上扮演的角色。它会帮助你在成年后善待痛苦，容忍许多人无法忍耐的人和事，并且获得更多前行的动力。

J，我在成年后，走出了自小生长的封闭世界，我接触到更多更好的文学和其他门类的书，自然，眼前的世界更宽广了，但我依然不断有疑惑，也不断为心中的疑惑找到答案，难得再有年少时的焦灼。我发现自己读的书越多，对事物的偏见越少，内心也越平静。但是，回过头来，我从未厌弃过自小生长的那个"小世界"，因为，曾经有过文学的陪伴，我的心灵已然成了开遍鲜花的原野。

J，期待你的心灵也能拥有属于自己的花田。

发现诗意之美

所有的美，归根结底是一种诗性之美。诗性往往不可触摸与描摹，它见出了常人所不能见，从平凡的现实中发现新鲜与有趣。

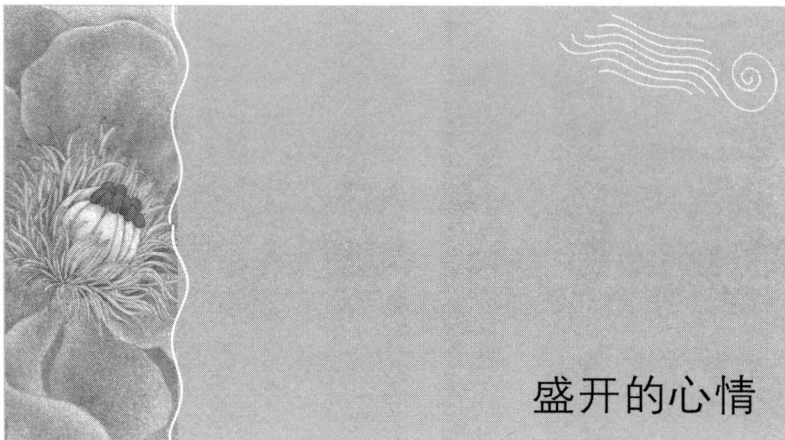

盛开的心情

一定会有些欢乐
从绽开的笑靥边
匆匆走过
一定会有些悲哀
在罂粟花的颤动中
悄悄开放

为了青春的短暂
也许要拥抱

太阳底下的全部色彩
有了青春的照耀
迎面而来的所有一切
都显得绚烂光艳

该垂泪时
就随着春雨潇潇溢流
该抬头时
就会望见云天无边无垠
年轻的心情
本是恣意挥洒的夏雨
在八面来风中
自由飘洒

写于 1990 年代初期

亲爱的 J：

你可曾想过，人类为什么需要艺术的存在？因了艺术的存在，这世界是否变得不一样了呢？你可曾沉醉于音乐、绘画、戏剧与舞蹈……所营造的美妙世界？它们又何以吸引你去接近它们，并且不断发现它们难以抗拒的魅力？

J，你身处的其实有两个世界，一个是日常的现实世界，那里有麻木不仁，有凶险灾厄，有琐碎芜杂，亦有习以为常的人间温情；另一个是艺术的世界，它呈现了我们日常所接触的世界——却是我们不习以为常的一面，它与现实世界有距离，我们从中发现了意想不到的"美"与神秘。是的，"美"，它让我们跳脱开凡俗的生活，体验到愉悦与感动。而审美，恰恰是人类掌握世界的一种特殊方式。在审美中，人与世界（社会和自然）的关系变得毫无世俗功利，而我们也获得了一种高级的精神享受。

而艺术之所以迷人，是因为它来源于生活，遵循生活的逻辑，同时，又经过了艺术家的再创造，它可以让人超脱于现实，获得一些平常没有意识到的新发现，让我们感受到人生世相的新鲜有趣，吸取维持生命和推展生命的活力。

对"美"的体悟与获得，始终是人类的珍宝。

J，你是否体验过在雾中看风景？

我曾经在山中遇到浓雾，整座山被巨大的雾网包裹住，犹如被塞入了一个灰色的袋子，汽车在盘山公路上进退两难，乘客在车里屏息凝神，不知行程被耽误到何时，更惧怕车子一不小心驶离车道栽入悬崖，仿佛大难临头，修养再好的人也难以做到内心镇定。我也在平坦的公路上欣赏过远山的雾，那雾如纱幔轻轻蒙住绵延的群山，近处的山是深灰，渐渐往远处过渡到烟灰、浅灰……仿佛有一支毛笔在天空渲染勾画，雾把天和山连接成一体，四周是静谧、广阔、神秘和雄伟，我感觉自己仿佛随行驶的车一起进入了仙境……

同样是雾，却现出两重面目，那是因为你看事物的眼光不同。当我在山中被浓雾困扰时，雾属于我实用生活的一部分，它和我的日常感觉、实际生活的需要牵扯在一起，我只看到了它的危险性。换句话说，因为我和雾的关系太密切了，距离太近了，不能用处之泰然的态度，或者说，用艺术的眼光去看待它。而当我在平坦的公路上行驶时，雾是我实用世界以外的东西，它成了我欣赏的对象，我发现了它的美。

因此，J，当你平淡地生活着，当你抱怨生活无聊前景黯淡的时候，是不是能试着采取旁观者的态度，丢开寻常看待事物的眼光呢？你或许就能从平常的事物身上发现它的不平常，就可能发现它深藏其中的"美"。——这便是艺术存在的最大意义。

　　假如你以这样的眼光去发现，那么你每天都会遇见的一些平淡无奇的事物——颓败墙角的一簇野花，天空中缓缓游走的云丝，校门口清扫落叶的老人，人行道上正张开双臂扑入母亲怀抱的幼儿……便会陡然发出异彩，使你发现它们的美妙。

　　发现美，往往和距离有关。整日居住于西湖之畔，大概早已忽略了它的秀美，而旅行家到一个陌生的地方总觉得它美，也是因为那个地方对他来说是有距离的，和他的实际生活没有多少关系。

　　美不仅来自空间的距离，还来自时间的距离。J，假如你面对一个老人，当他向你忆旧时，他的回忆里往往满是美好，而当你走过了时间，隔开一段时空来回顾你曾经走过的路，你也会以欣赏的姿态来品味过去，即便那过去里面有愁云惨淡，但所有过去了的，都是美好的回忆。

　　而所有的美，归根结底是一种诗性之美。诗性往往不可触摸与描摹，它见出了常人所不能见，从平凡的现实中发现新鲜与有趣。诗性，是文学、戏剧、音乐、绘画等艺术中共同具有的东西，它让一个人变得有趣味——趣味是对生命的彻悟和留恋，在发现美的过程中，你也不断创造着属于你的新境界。如果你是一个热爱艺术的人，你便获得了实际人生之外的新世界，并且从那个世界里找到现实世界里没有的慰藉。

J，你是否有过游历美术馆的经历？是否曾经坐在音乐厅里静静地聆听古典音乐？假如有过那样的经历，你会发现，美妙的绘画和音乐会在不知不觉中让我们脱离这个烦躁现实的尘世，带领我们来到一个毫无功利色彩的纯净世界。我们的精神得到净化和洗礼，我们仿佛来到高处，得以俯瞰这个充满了各种悲哀和无奈的人间。

若干年前，为了写一本和米开朗基罗艺术人生有关的书，我去意大利寻访他的足迹。那是一次酣畅无比的艺术之旅。那一天，我来到梵蒂冈圣彼得广场。秋天的阳光从高空投射下来，张扬恣肆地遍洒在广场上。远远的，就能望见米开朗基罗设计的圣彼得大教堂穹窿圆顶。在圣彼得大殿里矗立着一尊让我心驰神往大理石雕刻。也许你已猜到，是的，——它是独一无二的《悲恸》（也称《哀悼基督》、《圣母怜子》）。这件创作于 1499 年的不朽雕刻，是米开朗基罗二十四岁时的作品。

在这座全世界最宏伟的教堂里，每一扇门、每一根柱廊、每一座雕塑、每一处细节都可以用极致华美的语言来称颂。然而，《悲恸》的沉静与哀伤同这里的气氛却有些格格不入。它被远远地隔离在水晶玻璃保护着的小圣堂里，神圣地安放在祭台之上，散发出圣洁的气息。

眼前的圣母玛利亚一脸童贞的面容，永生一般的年轻。她的独生子耶稣刚刚从十字架上卸下，四肢低垂，躺在母亲的怀中。冰冷的石头仿佛有温度的肉体。因为从未受到原罪玷污，玛利亚的脸展现着温柔和美丽。她哀伤的目光仿佛也正看着你。她童贞的美来源于她毫无瑕疵的内心，因为她预先从原罪中得到了保护。她的右手支撑着儿子失去生命的身体，左手松脱开来，展示着她怀中的痛苦，那是已经死亡了的耶稣。年轻的雕刻天才用凿子和刻刀悉心雕刻出她衣服和头巾上细微的皱褶，传递出由内至外镇定无比的坚强力量。它的线条饶有希腊风的严肃，其中混杂着不可名状的哀愁。面对儿子的死，母亲却展现出超然的美丽。雕像导引你反省和思考，儿子的死亡是救赎的象征，是通向痛苦和生命永恒的路。面对死亡的时刻，死亡并不是给予人们的最后回答。

那一刻，当我无声地品味艺术家传递的痛苦时，却不自觉地

徜徉在超越痛苦的和谐中。J，我并没有因为眼前这哀伤的雕刻而哀伤，相反，它把我们这些懂得体验生活不幸的人引向了一种英勇悲壮的超脱的幸福。

J，真正的艺术就是这样——艺术的存在，本来就是为了弥补人生和自然的缺陷的。它取自人生和自然，却决不仅仅为了再现人生和自然，而是为了创造一个阔大的理想世界。艺术的最高目的是——美。

一个没有趣味的人，或者趣味低俗的人是可悲的。他们往往不能发现生活之美，而所有的美都具有诗性。据我的了解，如今大多数的孩子都不喜欢读诗，出版社也不乐意出版诗集——因为诗集会滞销。相比诗，孩子更爱读故事，一部仅仅以故事跌宕取胜的小说远远要比一本诗集受欢迎。而在一些西方国家，诗歌备受推崇，诗人有着很高的地位。

　　美学家朱光潜先生说："一个人不喜欢诗，何以文学趣味就低下呢？因为一切纯文学都要有诗的特质。一部好小说或是一部好戏剧都要当作一首诗看。诗比别类文学较谨严，较纯粹，较精致。"（《谈读诗与趣味的培养》）他说，不爱好诗而爱好小说戏剧的人只能获得最粗浅的故事，而仅仅了解故事，却不足以发现美，真的欣赏文学艺术的人，会希望去寻求故事之外的对人生的深刻观照。能欣赏诗，才能欣赏小说戏剧和其他的艺术门类。

　　J，让我们来欣赏一下诗性的美妙——

　　比如，当你读着"松下问童子，言师采药去。只在此山中，云深不知处"（贾岛《寻隐者不遇》），你在里面既看到了故事，又感受到故事之外的情趣、想象与余韵，这种情趣简朴而隽永，却有一种难以言传的佳妙。

　　又比如，当你听着肖邦的钢琴曲《离别曲》，在缠绵、幽怨的音符之外，是否能想象当年年轻的肖邦即将离开祖国时，面对心爱的姑娘，内心是如何充满爱慕与悲戚？而每一个听者都能在乐曲里找到属于自己的感受和遐想。

　　诗性，可以让灵魂飞升，亦让苍白暗淡的生活五色缤纷。

　　前一阵，我看某卫视的歌唱选秀节目。有一位选手在众多参

赛者中显得尤为特别——他是一个拾荒者——不知自己的年龄和出身，衣食无着，没有亲人。但就是这样一个人，他有着纯净唯美的歌声，他更有高洁的灵魂——他说，他从小热爱阅读和音乐，阅读和音乐让他感觉到生活的这个世界有很多的美，他愿意发现更多的美。

他的话会让很多人心有所动。微小如一粒尘埃，孤单若一叶浮萍，一个最有理由抱怨命运不公的人，却感激阅读和音乐教他发现世界之美，勇敢地拥抱和热爱生活。这便是美的力量吧。

J，你或许还会问，诗性之美如此之好，可是，各人天赋不同，有的人生来无法发现诗意之美，有些人却天赋异禀，有着天生良好的感受美的能力，怎么办？J，人的趣味是可以培养的。一个从小浸淫于音乐诗画中的孩子，自会慢慢懂得艺术之美的可贵，随着阅历和艺术修养的累积，更能逐渐感悟到年少时无法感受到的艺术中的妙处。一个人的趣味是会演进的。当日后的你涉猎越广，你对事物的偏见就会越少。而能有诗性之美陪伴的人生，一定比麻木蒙昧的人生要光鲜许多！

身体里那只蛰伏的小兽

当你无比焦虑、烦躁、感伤的时候，请尽力把那头小兽关在笼子里。你要告诫自己：打开眉心，面带微笑，不能任由情绪的河流泛滥。

敏感季节

正是敏感的季节呵
有时候 你的心
好像栖在枝丫的小鸟
一阵微风吹过
便惊得四处飞逸

如丝如缕的心情
在春雨中悄悄生长
你将明明暗暗的情绪

撩拨成迷幻的风景
在心野里奔走的
是一只喜怒无常的小鹿

也是容易受伤的年龄呵
即使是朋友间的一句龃龉
即使是父母亲一声善意的责问
即使是陌生人前的小小尴尬
都足以在你心里
激起深深的旋涡

为什么不学会宽容呢
让风筝飞出窄小的窗口
让铃声拂过干裂的大地
用一泓清冽的湖水
撞倒堵在心头的墙

朋友间的龃龉

只是一滴草尖的露水
父母的责问
好像一扇遮风的门
至于那一场尴尬
是你人生路上的小插曲
一笑了之吧
要知道，春天
总让人在霜雪中久等

宽容的人格
会像辽阔的大海
让你高扬起人生风帆
豁达的心灵
会把欢笑当作航行的
舵盘

好花刚开到一半呢
所有的心事都是蓓蕾

会在风中——绽放

敏感的季节

也会随着信风

云开雾散

悄然放晴

写于 1990 年代初期

亲爱的 J：

我写这首诗的时候，正在上大学。那时，自己还没有脱离少女时期，笔下的每一行字句都是心绪的自然流露。在我的印象里，青春成长的时期，正是一段敏感季节。就好像一只小兽，能敏感地察觉到自然界的一丝丝变化，起风了，下雨了，花开了，叶落了，河水涨了，果实成熟了，危险临近了……这只小兽就蛰伏在每一个少年人的心里，一有风吹草动，便被它敏感地捕捉到，它要么逃之夭夭，要么跳将出来，撕咬反扑。

J，你的体内有这只蠢蠢欲动的小兽吗？在我成长的年月，那只小兽曾经蛰伏在那里，外界的一点点变化，都会令我伤春悲秋。正所谓"少年不知愁滋味，为赋新词强说愁"。

我上小学六年级的时候，刚刚步入青春期，人突然又瘦又高，笨拙得像只长脚鹭鸶。脑筋也不太好使，尤其在做数学题时，总是转不过弯，把妈妈惹得很着急。问题还不仅仅是这些，我时常会莫名其妙地烦躁不安，讨厌别人的喋喋不休，还喜欢做一些荒唐而遥远的白日梦。

那时候，我固执地对班主任怀着抵触情绪，因着一些微妙而复杂的羞于启齿的缘故。班主任老师姓米，扁平脸，五十岁左右。我第一次见到她时就有些失望，因为她长得不如前任班主任端庄，脸上少了一点和善与慈祥。十多岁的女孩子已经懂得察言观色了，很容易对别人抱有成见，那个年龄的孩子已逐渐将披在老师身上的神秘面纱慢慢剥去，变得头脑清醒和桀骜不驯。那一刻我坐在最后一排的座位上，细细地打量着米老师，很快便发现了她的一个小毛病：说话时唾沫四溅。白色的唾沫沾在她的嘴角上，让我觉得浑身不自在。

　　当然，这并不是我反感米老师的真正原因。那一年，我们教室设在四楼朝西的第一间，边上走上几级台阶，是一个堆放杂物的平台，平时总有一线金黄色的光柱透过屋顶上的天窗射下来。那光柱正对着教室后门上的一个小洞，当太阳升起的时候，那个小洞也变得光耀起来，有一丝明媚的光线斜斜地漏进来，里面似乎有无数颗微尘在翻动，如一幅生动的画面。我喜欢在上课的间隙侧过头去，呆呆地凝视着微尘想心事。可是有好几回，我都找不见那跳动的光柱了，却在无意中瞥见了门洞外一只朝里窥测的眼睛。一旦眼睛出现，教室里顿时鸦雀无声，这只小小的门洞竟成了米老师的"第三只眼睛"。

米老师其实是位尽职的班主任。每次课间她都来教室察看，督促学生擦黑板或是放下课本抓紧休息。我们三个女生喜欢趴着栏杆，一边眺望远处的山，一边添油加醋地描述昨晚自己做过的梦。"说梦"是那阵子颇为流行的游戏，说的人绘声绘色，听的人凝神屏息，如临其境一般。那时，还会有三两个女生围着米老师问长问短，或勾着米老师的脖子，或是凑着她的耳朵。瞧她们甜腻腻的亲热劲，我觉得心里一阵不舒服。

　　米老师在我的品德评语上写上"性格过于内向"，嫌我同她不够亲近。我猜想一定是因为我没有勾过她的脖子，她才认为我这个中队长跟她不够贴心。越是这样想，我心里就越赌气。我严肃地警告我最好的朋友咏儿"不许再当众哭"。咏儿是个性格懦弱的女孩子，时常因为一些鸡毛蒜皮的过错，被米老师当着全班同学的面数落，她则滴滴答答地掉泪，有一次竟痛哭着赖在地上，连我都觉得丢脸，而米老师决不会因为她的眼泪而喜欢她。我对咏儿说："我们一定要争气。"咏儿专注地看着我点点头，鼻尖红红的。"争气"是我们那时常用的字眼，它的内涵很狭隘，无非是学习努力，不依赖别人而已。

　　这是我有生以来第一次体验不喜欢一个人的感觉，这古怪的

很不舒畅的感觉把我弄得很不舒适，但我又一时无法改变这样的状态，只能不情愿地忍受。

六年级下半学期，因为近视我换到了第一排。米老师习惯上课时把手撑在我的课桌上，我可以趁她不注意的时候观察她的手指。米老师的手指鼓鼓胀胀的，透着微红的血色，薄薄的皮肤上有几道细细的皱纹。我一向喜欢纤长的白白的手，而米老师的臃肿的手指却让我感到讨厌。我的桌面上时常溅有一点点米老师的唾沫星子，我看着它们风干，消失。有一次，竟有一滴溅在了我的嘴唇上，我不敢用手去擦，生怕米老师发现了；后来整整一天，我的唇上都保留了凉丝丝、脏兮兮的感觉。

我在纸上画了米老师的像，在她脸上点了一粒粒雀斑，还把她的头发画成难看的"卷卷毛"。画完后，总是做贼心虚地把纸撕得粉碎，扔进校园后面的垃圾堆里。我的心态复杂极了，既对米老师充满了反感，又担心被她窥出这一秘密。我每天上学都提心吊胆的，细心地观察米老师对我的态度变化，梦魇般地想象某一天米老师会把我拎出去，朝我厉声吼道："你怎么可以讨厌老师！"

那是一段疙疙瘩瘩的日子。天空晦暗地罩在我的头顶，学校走廊里白白的石灰褪了色,现出赤裸的砖墙来,向我显示着升学考试前的严酷。我的心情很不好,因为对米老师的抵触情绪,我的生活也弄得乱糟糟的。我望着米老师抱着大摞的作业簿站在教室门口,她的身体挡住了室外的光线,我的心里升腾着灰色的无望的情绪。

我开始拼命地复习功课。幸运的是,我的数学成绩很快有了转机,时常能得到光彩的分数,对自己也逐渐有了一点信心。我努力把消极的情绪从心里驱逐出去,巴望着早日毕业脱离米老师的控制,犹如在黑暗中企盼光明。我竭力想摆脱的其实是阻滞自己前进的不明朗的心态。

临近毕业的那段时间,米老师明显消瘦下来。她的消瘦使我有了一种模模糊糊的茫然,她的手依旧时常撑在我的课桌上,手指上的皮肤变得苍白而松弛。它让我感到了米老师的疲惫和乏力。我隐隐感觉米老师是因焦急和奔波而显憔悴,那时候,据说她遍访了每个学生的家。米老师在一个星星闪烁的夜晚叩响了我家的门,我不情愿地站在门边,看着妈妈一脸严肃地听米老师说话。米老师转过头对我说:"你一定能考好。"听着她的话,注视着她越显疲乏的表情,我的心里蓦然有了一些感动,这些感动令我稍有汗颜。

后来，我在升学考中取得了第一名，实现了"争气"的诺言。拿到成绩单的那一天，我如释重负地把所有的不快抛到了九霄云外。毕业典礼上，我看着米老师穿戴整齐地站在讲台前与我们话别，我心中的阴影已扫去了大半。我突然发现，米老师的眼睛里也弥漫着和其他中年女性一样柔和的光波。这样的目光令我心生懊悔，我暗暗地告诉自己：为什么要把自己的心绪搅得很糟糕呢？讨厌别人真是于己于人都无益的体验啊！

这是一场难忘的教训。以后每每对别人产生一点点不满的时候，我都会在他的身上寻找长处，无论他是同龄人还是长辈，因为我不想让别人伤心，更不愿让自己回到六年级时的那段灰暗而难堪的心绪中去。那时候，我真是受够了身体里那只蛰伏的小兽带给我的坏心情。

想起来，敏感脆弱的不单是我自己。身边这样的事情太多了，在那个年龄，一点点事情都可酿成轩然大波。可过些年看，和成年后真正的大遭遇相比，便觉得所有的惊涛骇浪不过是浪花一朵，实在算不得什么。即便是成年后遭遇了什么，回过头看，也会觉得人生中真的没有什么是过不去的。退一步，海阔天空。

当然，没有人可以提前进入人生，也很少有人意识到，身体内部那个蛰伏的小兽的存在。我们无法与自己和解，更无法与外部的环境和解。于是，大人们给了成长中的你们一顶帽子——叛逆。

可是，谁又没有过叛逆的年龄呢？

我有一位朋友，他是一位父亲。当他和妻子离异之后，便陷入了和青春期儿子的战争。每次见面，他几乎都会愁云惨淡地叙述他儿子行为的乖戾——无法控制情绪，动不动就和父亲争执，用小刀破坏家具发泄情绪，甚至将校服剪成碎碎条条……在他的描述里，这个儿子犹如一头莽撞的小动物，他无法沟通，歇斯底里，甚至变成了父亲的陌生人。

我还有一位朋友，她是一位母亲。她告诉我，自从女儿进入了青春期，那个小时候乖顺懂事的女儿不见了，现在的女儿，对母亲处处防备，回到家就关上门，倘若不小心侵占了她的领地（比如看了她的日记），她就会以出乎预料的激烈来反抗。

J，你也有过类似的激烈行为吗？又或者，你用相反的方式来表达你的反抗，比如——沉默与疏离——有时候，无声的沉默和激烈的大吵大闹有着同样的杀伤力。

而当身为子女的我们无所顾忌地发泄着自己的不满和牢骚时，是否体会过为人父母者的心情，是否见到过父母眼神里的无助、失望和软弱呢？

　　那位曾经很无助的父亲，当他发现自己在生活上无微不至的照顾仍然无法满足儿子以后，他向心理学家求助。心理学家说："不必焦虑，这是一个正常的孩子，只不过他的逆反有点超出正常值。"心理学家的建议是："你只有哄着他长大。"做父亲的开始反思，他发现，"叛逆"的责任并不应该全由孩子承担。"教育制度、老师的境界与教育方式，还有我们通常流行的道德观、价值观，都要在很大程度上承担责任。"这位父亲这么分析儿子叛逆的缘由。我还建议这位父亲，不该回避他与孩子母亲的分开。一个缺失了母爱的家庭，对于孩子的成长一定是无法弥补的遗憾。假如孩子不能理解父母的分开，便等于为他的叛逆期雪上加霜，因此，向孩子敞开心扉，推心置腹，把他当作平等朋友一样倾心交谈，让他理解不再相爱的父母亲仍然在一起生活，对他的成长未必是一件好事，父母虽然分开，但对他的爱不会减少一丝一毫——或许只有这样才能让这个少年放下负担，轻松前行。

　　当这位父亲彻底理解了孩子，开始主动发现孩子身上的美好。而随着少年的长大，他也逐渐理解和感受到父亲对他的爱，那个曾经满身芒刺的少年变得温和了，并且也能和父亲沟通了。身处叛逆期的孩子其实也是痛苦的，虽然表面上，他们是给周围的人带来了痛苦。J，叛逆期仿佛成长旅途上的路障，挡在路上，让你的长大不再顺遂，磕磕绊绊。叛逆期是几乎每个人都会经历的时期。它犹如青春的荆冠，是带刺的装饰。

J，处在叛逆期的你，迫切希望成人，你反对成人把自己当"小孩"，而以成人自居。你不愿人云亦云，而是以批判的立场来对待任何事物。或许正因为担心外界忽视了你的独立存在，你才在不知不觉中用各种方式来确立"自我"与外界的平等。

几乎每个少年都经历过叛逆期，它实在不足为奇。

每每遇到表现叛逆的孩子，我总是给予他们最大程度的理解。因为，每一个人，都或多或少经历过这样的时期，我们的体内，都曾经蛰伏过一头不可理喻具有攻击力的小兽。因此，我总是劝慰每一位苦恼的家有叛逆少年的父母，请他们悦纳孩子的种种荒诞、疏离、陌生、激烈和反抗。只有以满腔柔肠，才能包容和化解那个内心被青春小兽冲撞的少年所有的纠结与痛楚。

而身处叛逆期的少年，也切勿纵容内心的小兽冲出来伤人，因为你伤害的，恰恰是最爱你的人。若要让那只小兽听话，不是没有办法。你可以多读书，多读和生命成长有关的书，多读哲学和心理学，了解自己所处的这个特殊时期，修身立人，以理性的力量来化解内心的烦闷与躁狂。

J，当你无比焦虑、烦躁、感伤的时候，请尽力把那头小兽关在笼子里。你要告诫自己：打开眉心，面带微笑，不能任由情绪的河流泛滥。大多数人人生悲惨，往往是因为他们可能长时间沉浸在剧烈的负面情绪中，不能自拔，这种负面情绪会让他们的整个人生暗淡无光。所以，J，作为少年的你，可以承认和接纳叛逆期，但万不可任其无限延长。你真正的成熟之时，应是叛逆期结束之时。而身在其中之时，当你感到痛苦之时，聪明的你，可以用更加明智的方式来化解你内心的麻烦，除了阅读之外，写日记，向信任的人倾诉，都不失为好方法。

J，无论成长带给你怎样的体验，任何一段少年记忆都有存在的意义——你会永远记住它，并从中汲取人生的经验——它们将慰藉你将来真正波澜起伏的成年后的岁月。

恻隐之心和虔敬之心

身为少年的你，若能在这嬉皮笑脸流行的文化里，小心自省，在内心敬仰高尚的理想，博览群书，以滋养你那颗虔敬之心，长此以往，一定会惠及你的未来。

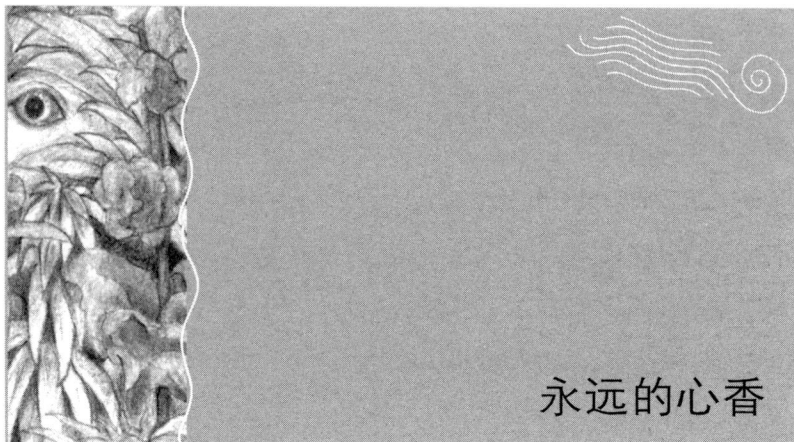

永远的心香

总有一瓣

淡紫色的心香

在心底悄悄开放

它羞涩地萌芽

淡淡地生长

带着含露的阳光

它是一份

永不退色的纯真
好像常青树枝头
恒久的绿
昭示着青春的理想

它是一个
真诚而美丽的心愿
遵守儿时的诺言
不愿长大
也不要关上
那扇向阳的窗
让被遗弃的小鸟
飞进来
让所有爱太阳的孩子
住进来

它也是一叶
在风中徜徉的梦想
当身后的小路

印满歪斜的脚印

远去的往事中

有多少美好的声音传扬

永远的心香呵

只有质朴和爱的土壤

才能给予你生命的滋养

淡紫色的心香

是晨风给的

晨风里的心香

是日出后第一抹辉煌

只愿时光流转

永不涤去心香的芬芳

孩子的心

在岁月的风里

轻轻歌唱

写于 1990 年代初期

亲爱的 J：

　　我有一位年长的朋友，已经是做奶奶的年纪。她远在加拿大，是一位有着数十年教龄的高级教师。教学之余，她也著书立说。我们通过网络认识，她欣赏我的文字，我也讶异于她心态的年轻和教育观的新锐，对她很是尊重和亲近。

　　有一年夏天，她回上海探亲，我们便约了一起喝下午茶。虽是初次见面，却一见如故，相谈甚欢。一个下午很快过去。我们一起走到了街角，在绿灯亮起时分，我与她道别。之后不久，她就回到了加拿大。偶尔，我们会在微博上说话，她密切地关注着我的创作动向，适时地送上鼓励。去年，我出版了纪念逝去外婆的新书《爱——外婆和我》，远在加拿大的她也买来一本，读完后，写下动情的书评，并告诉我，想买一百本书送给孩子和大人，希望能将书中表达的爱传递下去。

　　她在电话里告诉我这个决定，我感动之余，说：您对我实在是太厚爱了。她说：你知道我为什么对你这么好吗？我自然说不出具体的理由。于是她在电话那头说：只是因为一个细节——那次我们在上海街头告别，绿灯亮了，我走到马路中央回头看时，你还站在原地，直到我过完了马路，你才放心离开，那一刻，我就感觉到，你是特别有仁慈之心的人。她电话里说起的细节，我已全然不记得了。或许因为，那只是我下意识的举动，在我，早已养成习惯。而她所说的这个细节，倒也使我回忆起小时候的一桩事情来。

那时我大概只上小学二年级。是个暴雨如注的夏日，放了学，我穿着套鞋打着伞独自一人走回家去。我家所在的地方，是一处丘陵地带，到处是上上下下的坡道和台阶。走到半路，我一眼看见一个白发苍苍的老奶奶，一手打伞，一手拎着网兜，正颤颤巍巍地走下台阶。暴雨像溪水一样冲下台阶，急流的雨水几乎淹没了她的鞋子。我的脚步马上移不动了，目不转睛地盯着老奶奶的脚步，心里不停地打着鼓点，担心老奶奶能否安全下完阶梯走到平地上，更想着老奶奶脚下一有闪失，我就可以立即冲下去扶住她。如果我更加胆大一点，应该主动上前去扶住老奶奶，可是我没有，害羞阻止了我去主动帮助一个老人。我只是用目光关注她，我仿佛亲身感受到了老奶奶步履的艰难，也能想象到她随时可能面临的"危险"，始终不能放下心来。直到老奶奶安全走完了最后一级阶梯，我还站在原地望着。不知怎的，老奶奶注意到了我的目光，她回过头来，朝我慈爱地望了一眼，说："真是一个好小囡啊，怕我跌跤，一直看着我。"我的脸腾地红了，心里升起异样温暖和欣慰的感觉。只是因为自己目光的关切，就受到了老奶奶的感激，对于年仅九岁的我，那份记忆是异常深刻的。时隔那么多年，我依然记得白头发的老奶奶回过头来望着我的目光，是那样的柔软和仁慈，它肯定了一个孩子非常微小的善意之举，而那种肯定在我的心里深深地扎下根来——让我意识到，心怀恻隐之心是一种美德。

设身处地地为别人着想，感受别人正在经历的尴尬、痛痒甚至危险，心中感到不安、苦痛、哀伤，并且生出援助的念头——这便是恻隐之心。比如，眼看着亲人的病痛，仿佛自身在苦痛，恨不得去为他（她）分担；又比如，看见陌生人正遭受灾难和困厄，便假想自己身处同样遭遇会怎样惶恐、焦急、绝望和痛苦，并期望尽一己之力伸出援手。但凡世间生命，无论人类还是动物，都会有同类情感，对于生命都会希求维护。内心良善的人，必有恻隐之心。因此孟子说："无恻隐之心，非人也。"

J，你要问我了，既然恻隐之心是人道基本，为何有那么多残杀和虐待，甚至连小孩子也会虐待弱小动物，近来虐猫虐狗事件更是层出不穷？

恻隐之心的前提是知己知彼，对人性有基本了解。小孩子虐待动物，多半是因为无知，他们或许并没有动物感到痛苦的经验；而那些残忍的成年人，要么遭受过精神创伤，心理扭曲，要么是本身感觉麻木迟钝，心思粗糙，当然，还和他们没有受到过良好的教育有关。

恻隐之心的反面是幸灾乐祸，有人甚至以旁观他者的痛苦为乐，非但不伸援手，还落井下石，倘若世间人人都是如此，那么这个世界将是可怕的，将会黑暗不见天日；而倘若人人皆有恻隐之心，这个世界将是清明柔软的，四海兄弟，守望相助，这该是多么美好。正如九岁那年的我，因为微小的善举，得到老奶奶温情的鼓励，之于我，老奶奶肯定的目光何尝不是一种同等的善举呢？

恻隐之心常常存于敏感善良者心中，换言之，它是对于人生的悲悯。悲悯不等于悲观绝望，它是慈悲，是同情，更是博大的爱。孔子说：仁者必有勇。常怀恻隐之心，不会令人软弱，反倒会心生勇气，懂得更多地爱人，并且拥有赤子一般的家国情怀。

J，说到恻隐之心，我还想到另一种情感——虔敬之心。我之所以在这封信里和你谈这两种情感，恰恰是因为看到了时下少年恻隐之心和虔敬之心的缺失。

前些日子，上海的学校接连发生了两桩新闻：一是一高二男生用铁锤敲向老师；二是一大学女生用沸水泼向老师。前者原因不明，后者仅仅是因为这名女生上课点名缺席而遭到批评。事件虽属偶发，却也激起了教育界的热烈议论：本该"传道授业解惑"的老师，何以遭到学生的暴力攻击？师道尊严何在？学生对老师本该持有的虔敬之心又去了哪里？

这或许要从两方面来分析：一方面可能是身为人师，却不一定具有为人示范的德行，缺少被人尊重的人格魅力；另一方面，可能就是缘于现今社会中缺少对虔敬之心的重视和张扬，很多孩子蔑视权威，并将此视为"有个性"。

虔敬之心的关键词是"敬"，人类祖先对天地自然充满了"敬"，而在宗教中，最原始的情绪也是"敬"。靠着"敬"，原始民族在忧患中挣扎前行，维持长久的生命力，在"敬"的引导下，人类具有一种发自天然的向上向善的情感。人类还有一种"英雄崇拜"的情结，每个国家都有属于他们自己的民族英雄，使得人们来效仿与膜拜，他们从英雄身上获取力量，并获得高贵的情感上的升华。

J，你是否有过投身大自然的经历？当渺小的你来到雄浑的大自然面前，是否油然而生一份"虔敬之心"呢？面对高耸入云的峰峦、一望无际的大海、不知来处奔腾不息的河川、浩瀚无边的沙漠，你有否震慑于大自然的伟大，不由自主发出惊叹，并感受到一份深深的"敬"呢？

哪怕是人类自身创造的奇迹，也不得不让人产生一份由衷的"敬"——埃及金字塔、中国长城、印度泰姬陵、罗马竞技场……如果身临其境，你一定会惊赞眼前与自然之力抗衡的人类智慧。而那些创造和改写历史的伟大人物——远至孔子和苏格拉底，近至人格和学养同样高尚的巴金和钱锺书，同样值得我们心怀虔敬之心。在某种意义上，"敬"是对于生命最有价值的东西的眷恋和护佑，人类倘若失去虔敬之心，就可能自暴自弃，放弃昂扬向上的求索，甚至无视生命的价值了。

中国在经历了"文革"以后，基本丧失了"虔敬之心"。很多人心中空空，觉得没有一个人、一件东西或者一种品格值得我们心甘情愿地去尊重。其实，"虔敬之心"是非常琐碎日常的情感，失去"虔敬之心"的人，很可能张扬跋扈，不懂长幼尊卑，丢失羞耻之心，贪图苟且，没有责任心，缺乏担当……而以这种面目示人的人，往往为人所不齿。

我到日本旅行，印象深刻的是那里的人时时处处表现出对人对事的"敬"，这种"敬"在某种意义上则表现为一种精到的"用心"。

J，倘若你熟悉一点日本文学，便会发现，日本作家的笔下特别留意生命中每一个不易被感知的瞬间。一滴朝露、一片秋叶、一只瓷碗、一两声鸟鸣，都有真切动人的心思在里面——这是他们对自然万物的"敬"。

在日本购物，也能感受到他们的"虔敬之心"。他们对物件有着超乎寻常的用心，哪怕是一盒点心，素白的纸盒外面，也一定要有精心设计的包装；哪怕是街头的一家无名小店，店主也一定会将你购买的物品，用心包装了递奉给你。蛋用稻草包裹，干鱼用绳子，米饼周围缚以栎树叶子，糖果蜜饯用竹篓或者用竹条编的篮子盛放，在豆腐四周饰以木兰叶子，用一块方巾包一件简单的物品，他们用自然元素创造着美，所体现的耐心与技巧都显示了对别人的尊重和内心的虔敬。

在享用食物方面，相比中国人，日本人无疑要克己得多。几片酱菜和腌海带，便可打发一碗米饭；日本的孩子，从小就养成了不浪费食物、不贪食的习惯——这是他们对待食物的"敬"。可是在对待美和精致的追求方面，他们却比我们要铺张得多、执著得多。这也可视作他们对生活本身的"敬"，从来不马虎敷衍，总是用恭敬的态度去对待日常中的每一个细节。

与"虔敬之心"相反的，是嬉皮笑脸、玩世不恭。J，请检视一下现今的流行文化，是否觉得嬉皮笑脸、玩世不恭差不多要成为文化主流了呢？而你和你身边的同龄人，是否也沉迷于一些无厘头文化，觉得所谓的"虔敬之心"过时迂腐了呢？

J，回到先前说的攻击教师的事件。作为人师，自然首先要告诫自己：人必其自敬也，而后人敬之。而身为少年的你，若能在这嬉皮笑脸流行的文化里，小心自省，在内心敬仰高尚的理想，博览群书，以滋养你那颗虔敬之心，长此以往，一定会惠及你的未来。

第十五封信

太阳在选择中上升

选择是有风险的，正因选择存在风险，才特别具有诱惑力。放弃选择，等于放弃让自己前行的机会；而真正的选择，需要勇气与谋略打底，愿赌服输，即便惨败，也无怨无悔。

选 择

每一条道路上都有出发的人
每个人的头顶都有一方天空
每一方天空上都有莫测的云
每一朵云都昭示着命运

无声地选择方向
一颗星辰或者一双眼睛
人怎样地选择世界
世界就怎样选择人

默默地选择起点
骄傲地选择归程
夜间选择黎明的人
黎明选择他为自由的风

选择飞鸟或者一片落叶
选择岩石或者一阵灰尘
谁在无可选择中选择
他就是被选择的人

每个人都有一颗无名的心
每颗心都有寂寞的时辰
谁选择寂寞的世界
世界选择他的歌声

流星在选择中下沉
太阳在选择中上升

写于 1990 年代中期

亲爱的 J：

我经常收到一些和你一样的少年的来信,他们来信的内容除去倾诉情感的困惑,多半集中在表达面对命运选择的彷徨。

J,请你先来读这两封信——

信 1

亲爱的殷健灵姐姐：

我已经是一名大学即将毕业的学生了,我念的是医科,由于种种因素我选择了这个专业,但这并不是因为我热爱这个专业,而目前我们的就业前景也并不乐观,可是我父亲并不尊重我的想法,他总是咄咄逼人,他喜欢医学,所以他非常希望我能当医生。我没法和他沟通,为此我们已经吵了好多年了……

信 2

大朋友殷健灵：

我是您的读者。一直都想写这封信,但一直拖着。今天终于动笔写了。想跟您说说这些年的烦恼。

我是 1995 年生的。2007 年来上海，因为老家英语初中才学，到这里自然跟不上，小学老师让我留级。一留就是两级！那时候可能还小，也没想那么多。

可现在，我一直都很后悔，仔细算算，我比别人要晚三年！人家在我的年龄都要上大学了！而我只是刚初中毕业，要上高中！

6 年了，我心里还是不能释怀。当别人问我年龄和年级的时候，我心里总是很难受，对这些词也很敏感。新同学会开玩笑叫我"阿姨"，虽然我知道只是开玩笑，但我心里不是很舒服……

曾经指望跳级，但根本不可能。因为户口关系，初三下学期又跑到南京去上学，中考。以前在老家或许是不认真学，成绩只是中上游，并不拔尖。到了上海后，就比较好了，可以考到前几名。原本想考市重点的我却连参考的资格都没有。去了南京，成绩又滑了些。

命运令我困惑。我想着也许这是天注定的。从小村子到大城市，或许改变的是命运，未来会不一样。至少成绩更好了，更努力了……这是很明显的变化。我又想着，不甘心就这样，拼命努力，跳一两级，哪怕一级也很欣慰了。我是跟命运搏一搏呢，还是随波逐流？……

J，假如你是我，对这两封信你将如何作答？这两封信涉及了同一个问题：选择。选择，和一个人的未来有关，更和一个人的生活质量相关。没有能力和勇气做选择的人，往往需要自己来独自承担生活带来的后果。

选择，是每个人一生中经常面对、无法逃避的功课。年少时，需要选择学业方向；成年后，需要选择职业，选择伴侣，选择生活方式，选择归属……人生的每个阶段都在为自己做选择，因此，在未成年的时候就锻炼自己的选择能力尤为重要。当然，一个人只有具备了相对独立和成熟的思考，具备了承受失败的勇气，才有能力为自己做选择，否则，依然需要依赖他人越俎代庖。而他人虽然能代替你做选择，你的生活仍然必须要自己来过。没有人可以代替你来生活。因此，你的日子，只有你自己才最有权利来选择。

我在年少时，曾经是一个特别被动，不懂得主动选择的人。

262

我在成年人圈围好的规范里生活，一帆风顺，未经波折。因为顺遂，因此几乎不需要我来选择。然而，还是免不了要面对选择。

我就读的中学是一所远离城市的子弟学校，我们生活的地方是一座隶属于上海的安宁而富裕的钢城。那里，每个孩子的视野都是相同的，每天我们在有限的环境里看相同的人和事，听相同的新闻。在那所中学里，我是年级里的佼佼者。常常的，我倚着教室的窗棂眺望远处的青山和谜一样的白云，想象着山那边的世界是什么样的。想象的空间是无垠的，我羡慕那在空中随意飘逸的云朵，它一边慢慢地走，一边欣赏地上不同的景象。而我呢，我的视野却是这一扇绿窗棂的窗户，连窗外的风景也几乎是恒定不变的。

终于有了一个机会。

读初三的最后一段日子，老师向我们宣布了一个令人振奋的消息。消瘦而端庄的班主任是站在一道温暖的阳光里面说这个消息的，明媚的光影映在她慈祥的脸上，使她原本悦耳的声音听来更加柔和。班主任说："初三毕业，我们学校的每个学生都有报考上海市四所重点高中的资格，希望大家不要放弃。"

优等生的脸上顿时泛起了兴奋的神采，班主任的话像一道曙

263

光照亮了每个孩子长了翅膀的梦想，也像一粒不安分的石子，惊扰了平静的湖面。

然而，在这样的十字路口，我却失掉了抉择的勇气，甚至连试一试的欲望也没有。我惊诧于自己的平静，坐在此起彼伏的议论声中，我感受着自己安静的心跳，只有一个念头浮出来，我要去问父母。

父母的选择与我不谋而合，在一番全面的利弊权衡后，我告诉自己：我将放弃这个机会，虽然依我当时的学习成绩考取四所中学中的任何一所都是轻而易举。我想，读重点高中意味着远离父母。远离父母则将面临严酷的独立生活。是在父母的精心照料下专心于三年的高中学业，还是在思念和孤独的痛苦交织里辛苦地学习拼搏？前者是那样毫无风险和充满诱惑力。我用这些雄辩的理由说服心底微弱的冒险的火苗，它们是如此不堪一击，悄悄地熄灭不留一点火星。

我顺利地直升了本校高中部。而我的同学蓉却背着行囊离开了家。蓉有着娇小的身材和白皙的脸庞，眼睛里跳动着闪闪的灵气的光焰。蓉考上了一所出类拔萃的重点高中。我目送蓉登上远去的列车，蓉的背包里载负着一个不可知的未来。我的目光久久地停留在渐行渐远的列车的尾部，听见班主任在我耳边轻轻地说："其实，你的成绩比蓉更出色。"我朝班主任若无其事地微笑，心底却掀起了不平静的波澜。

我依旧在这座平和的钢城里安宁地度日学习，依旧做这所学校里的佼佼者。可我却不再像过去一样倚窗远眺，青山和白云依然在，而我却平淡了对青山以外的幻想，生怕这样的遐思会将我牵回隐隐的懊悔中去。时常有关于蓉的音讯传来：蓉很勤奋，从普通班跃入了尖子班；蓉在全市的数理化竞赛中获了大奖；蓉又得了市作文竞赛一等奖……

高二那年的暑假，我巧遇了两年未见的蓉。蓉长高了，亭亭玉立的身材，自信而快乐的表情。我意外地端详着她，怀着一丝惊喜。我从蓉的脸上捕捉到了一种陌生的东西：自立和练达。这

265

是那些习惯于父母呵护的孩子所没有的东西，然而它又确是一笔宝贵的财富。那晚，我在日记里反省："为安宁的生活沾沾自喜，却将自己关在了更广阔的生活天地的门外。"

一年后，高考不期而至了。我会吸取三年前的教训吗？遗憾的是，在真正的人生转折时期，我再一次怯懦地放弃了冒险，而是毫不犹豫地却又是违心地接受了学校的保送，去就读一所重点大学的枯燥乏味的专业。

生活总是这样，对一些怯懦者开着玩笑。它扮着鬼脸，引诱你上钩，而我又恰恰是经不起引诱的。当我终于在大学里意识到了自己的弱点，我开始试图凭借自己的能力改变将来的命运。在我如愿以偿的时候，才恍然醒悟，倘若早些时做出更好的选择，也许我的人生会更顺应我的心意；又或者，可以少走一些弯路，更早地抵达心中的梦想。我的醒悟或许还不算太晚，那是在经历了一次次碰壁、懊恼和自省之后的结果。

J，当你知晓了我的故事，是否能对开头的两封信做出回答？

选择是有风险的，正因选择存在风险，才特别具有诱惑力。放弃选择，等于放弃让自己前行的机会；而真正的选择，需要勇气与谋略打底，愿赌服输，即便惨败，也无怨无悔。因为，任何一次跌倒，都是重新启程的机会；任何一次失败，都会为你日后的重振积累经验。

　　J，可以这样说，少年人大多数烦闷都源于理想和现实的冲突。你在选择之前，必然对未来充满美好的想象，因此，为了避免轻易失望的危险，在选择之前，首先要理智地衡量自己的愿望和能力是否匹配，以你实际的能力为起点，做你自己想做的事。所谓自信而不自负，真正的自信一定是以你的自知力为基础的。志向不是妄想，志向更不以高远与否作为衡量标准。何必人人都要出国留学，当学者、做官、拿高薪、成名成家？梦想未来做一个科学家，和梦想未来做一个清洁工，在精神上是同等的。

一个体弱的人，不必梦想成为世界短跑冠军；不喜绘画的人，不必立志成为梵高。如果你热爱一门手艺，成为一个巧手的手艺人有何不好？如果你期望将来过上安乐平静的日子，就梦想成为一个拥有幸福生活的平凡人吧，这又有何不可？

选择没有对错，唯有一个标准——你的选择是否合乎你内心的声音，是否可以让你心甘情愿？因为，有益社会且心灵平静，才是人生的至高幸福。

我当年面对选择的怯懦，曾让我耿耿于怀，那是因为这并不是我真正向往的生活，我的内心还有一些蛰伏的梦没有实现。

而对于一个成长中的人，在人生的任何阶段都可以为自己选择，并且随时修正你前进的方向和步履，面对当下，做好眼前的每一件事。如此，方能不辜负匆匆流逝永不复返的时光。

流星在选择中下沉，太阳在选择中上升。J，祝愿你在明媚的光影里，一路前行。